KB160470

일본 국문학의 탄생

KOKUBUNGAKU GOJYN NEN by Ichinosuke Takagi
ⓒ 1967 by Yukie Takagi, Sadayoshi Igeta
First published 1967 by Iwanami Shoten, Publishers, Tokyo.
This Korean edition published 2016
by Institute of Japanese Studies, Hallym University, Chuncheon
by arrangement with the proprietor c/o Iwanami Shoten, Publishers, Tokyo.

일본 국문학의 탄생

다카기 이치노스케의 자서전

초판인쇄 2016년 11월 11일
초판발행 2016년 11월 11일

지은이 다카기 이치노스케(高木市之助)
옮긴이 박상현, 김채현
펴낸이 채종준
기획 한림대학교 일본학연구소

펴낸곳 한국학술정보(주)
주소 경기도 파주시 회동길 230(문발동)
전화 031) 908-3181(대표)
팩스 031) 908-3189
홈페이지 http://ebook.kstudy.com
E-mail 출판사업부 publish@kstudy.com
등록 제일산-115호(2000.6.19)

ISBN 978-89-268-7624-4 03830

이 도서는 한림대학교 일본학연구소 발전기금으로 출판됨.

한림대학교 일본학연구소
아시아를 생각하는 시리즈 ⑤

일본 국문학의 탄생

/ **다카기 이치노스케**(高木市之助) 지음
/ **박상현, 김채현** 옮김

다카기 이치노스케의 자서전

번역하면서

　다카기 이치노스케(高木市之助)의 『国文学五十年』(岩波出版, 1967)을 번역한 것이다. 원문에는 가끔 문어체 표현이 나오지만, '입니다(です)'와 '합니다(ます)'와 같이 경어와 구어체가 주를 이루고 있다. 원문이 다카기 이치노스케의 구술로 이루어졌기 때문이다. 번역서에서는 녹취 당시의 분위기를 살리기 위해 모두 '입니다'와 '합니다'로 옮겼다.

　대화를 녹음한 것이다 보니 원문에는 자연스럽게 '나(私)'와 같은 1인칭이 빈번히 등장했고, 문체는 만연체가 됐다. 문단도 너무 길었다. 의미상 큰 문제가 없는 한 번역할 때 가능한 한 '나'는 생략했고, 복문은 단문으로 번역했다. 긴 문단도 여러 개로 나눴다. 번역서라는 느낌을 줄이고, 독자의 이해를 돕기 위해서였다.

　인명과 지명은 일본어 발음대로 표기했다. 그 밖의 고유명사는 우리식 한자 읽기로 옮겼다. 다만 이와나미(岩波)서점, 아사히(朝日)출판사와 같이 우리에게 익숙한 고유명사는 일본어 발음을 살려 표현했다. 서명이나 잡지명도 마찬가지다. 『겐지이야기(源氏物語)』, 『헤이케이야기(平家物語)』는 널리 알려진 서명이기에 예외로 취급했다. 덧붙여 저서와 역서는 『』, 작품은 < >, 논문은 「」로 나타냈다. 각주는 모두 역자가 붙였다. 이미지 사진 역시 모두 역자가 넣었다. 이해를 돕기 위해서였다. 출전은 각주에서 드러냈다.

박상현 · 김채현

차 례

제1장

아버지의 시대에서
아들의 시대로

'국문학(国文学)'1) 50년사를 이야기해 줄 수 있냐는 요구가 자주 있었습니다. 50년이라는 시간은 국문학의 역사에서는 상당히 의미 있는 기간이라고 생각합니다. 왜 그럴까요? 생각해 보면 국문학이라는 학문이 대단히 이상하기 때문입니다. 국문학이 일본에서 통용되기 시작한 것은 대체로 메이지(明治) 말기입니다. 그리고 하나의 학문으로 성장했고, 이윽고 시대의 흐름을 타고 번영했습니다. 하지만 국문학은 얼마 후 학문의 세계에서도 사회에서도 이런저런 비판을 받게 됐고, 국문학 스스로가 자기 자신을 냉정하게 반성하게 됐습니다. 뭐라도 하지 않으면 안 된다는 자각이 일기 시작한 시기는 대체적으로 제2차 세계대전 발발 이전입니다. 그렇다면 대략 20세기 초부터 그 전반이 끝날 무렵까지가 국문학의 일생이라고 볼 수 있습니다. 일생이라고 말했지만 그렇다고 이 학문이 그대로 완전히 없어진 것은 아닙니다. 없어지기는커녕 국문학이라는 학문 내에서는 뭔가 다른 형태로 새롭게 태어나야만 한다는 자각이 싹트기 시작한 것 같습니다.

---

1) 원문에 국문학으로 되어 있다. 일본문학을 의미한다. 앞으로 국문학이라는 용어가 나오면 일본문학이라고 이해하기 바란다.

제 일생도 대체적으로 국문학의 일생과 겹칩니다. 그렇다고 제가 국문학 50년이라는 실로 짧은 일생을 언급하는 데 정말 적임자인지는 잘 모르겠습니다. 지난 50년을 살아온 저와 같은 사람은 그 시대에 매몰되어 있었기에 국문학 50년을 말할 때 오히려 부적임자일 수도 있기 때문입니다. 다만 좋든 싫든 간에 국문학자로 불리는 제가 자서전과 같은 형식으로 국문학과 맺어온 인연을 말하는 것은 국문학 50년사(史)를 생각할 때 의외로 유용할 수 있습니다. 좀 거창하게 말하자면 그러한 학문이 통용됐던 시대를 인식하기 위한 하나의 자료로 제 이야기는 의외로 유용할 수 있습니다. 그런 의미로 보잘것없는 제 체험을 지금부터 말하고자 합니다.

여러 자료를 수집하고 정리해서 50년간의 국문학 세계에서 누가 어떤 연구를 했으며, 어떤 논쟁이 어떤 결과로 끝났는가와 같은 것을 언급하는 것도 필요합니다. 하지만 그것은 국문학 50년사이기는 해도 그 시대를 살았던 한 사람의 체험은 아닙니다. 여기서 이야기하고 싶은 것은 그러한 다수의 사람으로 이루어진 연표나 사전이 아닙니다. 그런 연표나 사전 같은 사실을 수용하면서도 제가 어찌 살아왔는가와 같은 자전 같은 체험입니다. 보잘것없고 극히 평범합니다만 저 말고는 그 누구도 쓸 수 없는 강점도 있습니다. 바로 자서전입니다.

저는 메이지 21년인 1888년에 아이치현(愛知県) 나고야시(名古屋市) 나카구(中区)에 현존하는 이케다쵸(池田町)의 외가 별장에서 태어났습니다. 아버지도 어머니도 몰락한 사족(士族)[2]의 전형이었습니다. 본가는 예전에 팔려버렸고 별장이 외곽에 남아 있을 뿐이었습니다. 1756년 기록에 따르면 이케다쵸는 예전부터 저잣거리로 편입되었던 모양이지만, 그 주변은 이후 특별한 발전이 없었습니다. 제가 태어난 곳은 산울타리로 둘러싸인 길모퉁이에 있는 집입니다. 이곳과 관련된 많은 기억이 단편적으로 남아 있습니다. 예를 들자면 봉오도리(盆踊り)[3] 행사에서 마을의 젊은 남녀 무리가 수건으로 뺨을 가리고 여러 명씩 무리를 지어 춤추며 마을을 돌아다니는 모습을 산울타리의 틈새로 훔쳐봤습니다. 그 달밤의 광경이 70년이 지난 지금도 생생히 떠오릅니다. 훗날 문헌에서 얻은 지식이지만 하이카이(俳諧)[5]의 가토 쿄다이(加藤曉台)나 요코이 야유(橫井矢有)가 살았다던 곳도 이케다쵸에서 그리 멀지 않았다고 합니다. 하지만 이러한 환경과 제 국문학은 전혀 관계없습니다.

<봉오도리>[4]

---

2) 옛 무사 신분으로 법률상 특전은 없었다. 그나마 1947년에 폐지되었다.

3) 7월 13일에서 16일 사이에 남녀노소가 광장에 모여 추는 춤. 본래는 죽은 자의 혼령을 맞이하고 위로하기 위한 행사에서 유래됐다고 한다.

4) https://ja.wikipedia.org

5) 주로 에도(江戸)시대에 유행했던 일본 운문문학의 한 형식이다. 유희성이 강하다. 에도는 지금의 도쿄를 가리킨다.

사람들은 저와 국학(國學)6)과의 인연에 대해서 곧잘 묻곤 합니다. 비슈번(尾州藩)7)에는 모토오리 노리나가(本居宣長)의 문하생이 많이 있었고, 국학이 비슈번을 풍미하고 있었기 때문입니다. 그러나 이것도 저와 관계없습니다. 그러다 보니 칭찬인지 비난인지 모르겠습니다만, 국학자답지 않은 국문학자라고 말하는 사람도 있습니다. 또한 어떤 사람은 제게 어딘지 모르게 변증법적 요소가 있다고 흥미로워하기도 합니다. 변증법은 과장된 말이지만, 제 연구 방법을 굳이 말한다면 원초적 변증법이라고 말할 수 있을지도 모릅니다. 유물론이기도 하고 관념론이기도 하며 혹은 그 어느 쪽도 아니기도 합니다. 의외로 그런 것이 인간 본래의 사고방식이 아니겠습니까?

주변 사람들은 저의 이러한 사고방식, 즉 두 개의 것을 대립시켜 생각하는 사고가 대체 어디에서 온 것인지 자주 묻곤 했습니다. 언젠가 유명한 역사학자인 이시모다 쇼(石母田正)와 술을 마신 적이 있었습니다. 그는 이렇게 말했습니다.

자네의 사고방식이 어떻게 생성된 것인지 생각해봤는데 당최 알 수가 없어. 외아들로 아무런 고생도 하지 않고 자라온 것 같은 데도 자네에게는 묘하게 반항적인 점이 있단 말일세. 동료 대학교수 중에 자네를 괴롭힌 사람이 있거나 아니면 거꾸로 자네가 대든 경험이 있던 것이 아닌가?

---

6) 고전문학과 고대사를 연구하여 고대 일본인의 정신과 사상을 탐구하는 학문.
7) 옛 지방 행정 구역의 하나로 현재 아이치현 서부에 해당한다.

이런 말을 들었던 당시에는 "아니, 그다지 그런 일은 없었는데"라고 대답했습니다. 하지만 나중에 그 말이 마음에 쓰여 이리저리 생각을 해봤습니다. 역시나 아버지의 반항 기질이 제게 유전된 것이 아닌가 하고 생각했습니다. 혹은 마치 츄신구라(忠臣蔵)[8]에서 아사노 나가노리(浅野長矩)의 원한을 되갚으려고 오이시 요시오(大石良雄)의 무리가 47인의 사무라이를 모은 것과 같은 맥락에서 생각해 볼 수 있지 않을까 합니다.

아버지는 1886년에 도쿄제국대학(東京帝国大学)의 고전강습과(古典講習科)를 나왔습니다. 1855년에 나고야에서 태어난 것을 생각해보면 메이지유신(明治維新) 무렵 아버지는 14, 5세 정도였을 것입니다. 허리에 칼을 찬 젊은 무사를 거느리고 교토(京都)에 갔던 이야기를 아버지는 종종 했습니다. 1922년에 작고했습니다. 지금 돌이켜보면 생전에 그 이야기를 좀 더 들어두었더라면 좋았을 거라고 후회합니다. 아버지가 과거 이야기를 자주 했을 때에는 제가 흥미가 없었고, 제가 흥미를 가졌을 때에는 아버지가 묵묵부답으로 더 이상 아무 이야기도 하지 않았습니다. 아버지는 왜 교토에 갔을까요?

대체로 막부(幕府) 말기의 각 번(藩)[9]은 존왕(尊王)과 막부

---

8) 무사의 복수를 주제로 한 것으로 가부키(歌舞伎) 등에서 자주 쓰이는 소재다. 가부키란 일본 고유 연극이며 전통 예능의 하나다. 2005년에 유네스코 세계무형문화재에 등재되었다.

9) 영주(領主)인 다이묘(大名)가 지배하는 영지의 지배조직을 번이라 했다. 번의 영주인 다이묘를 번주(藩主), 다이묘의 가신을 번사(藩士)라 불렀다.

타도, 양이(攘夷)와 개국으로 나뉘어 복잡하게 대립했습니다. 그 중에서도 비슈번은 도쿠가와(德川) 일족으로 대표적인 친번(親藩)이었지만, 천황과 관련이 깊은 국학이 번의 교양인 계층에 깊이 침투했습니다. 이런 상황이었기에 존왕과 막부 타도, 양이와 개국이 첨예하게 대립하고 있었습니다. 정확한 것은 아닙니다만 다행인지 불행인지 아버지는 당시 소년이었기에 그 방면에 대한 자각이 없었던 것 같습니다. 얼마 되지 않지만 당시 아버지가 들려주었던 이야기 중에 기억에 남는 것은 아버지의 교토 입성이 어떤 동란과 같은 흥분이 수반되지 않았다는 것입니다. 또한 향학심과 같은 의욕에서 비롯된 것도 아니었습니다. 그러기에 당시의 아버지는 아직 미숙한 소년이었기에 자발적 자의식을 가지고 비슈번의 동향에 직접 관여하지는 못했을 것입니다. 반발도 하지 못했을 것입니다. 즉, 어느 정도 메이지유신이라는 새로운 시대를 받아들였다고 말할 수 있습니다.

아버지는 당시로는 상당히 늦은 나이에 결혼했습니다. 어렸을 때부터 결혼에 이르기까지 어느 것 하나 확실한 것이 없습니다. 사실은 이 기간이 아버지의 인간 형성에서 가장 중요한 시기였을지도 모르겠습니다. 직접 들은 이야기에 따르면 아버지는 기후현(岐阜県)의 구죠하치만(郡上八幡)에 있는 초등학교 교장을 맡았던 모양입니다. 그것도 몇 년쯤인지 모르지만 말입니다. 이 일은 아버지의 성인 시절을 짐작하는 것 말고도 꽤나 중요한 열쇠가 됩니다. 원래 아버지의 다른 이름은 로쿠로(六

郎)[10]입니다. 이 이름에서도 알 수 있듯이 아버지는 다카기(高木) 집안의 여섯째에 불과했습니다. 식객과 같은 신분이었습니다. 집안의 대를 잇는 사람은 장남인 다다쿠니(任邦)였습니다.

폐번치현(廢藩置縣)[11]으로 행정구역이 개편됐습니다. 이것으로 사족의 생활은 수입의 길이 막히지는 않았지만 큰 어려움을 겪었던 것 같습니다. 비슈번 등과 같이 번주가 그대로 현(縣)의 지사(知事)[12]가 된 곳에서는 항의의 뜻으로 때때로 사직서를 내보기도 했습니다. 하지만 결국에는 그 뜻이 중앙에 전달되지 못하고 배척당했습니다. 옛 번주에게 옛 번사의 생활을 보장할 힘은 없었습니다.

다만 오와리번(尾張藩)[13]은 메이지유신 당시 우여곡절은 있었지만 결국 번에 가까웠습니다. 그럼에도 한편으로는 천황에 충성을 다한 덕분에 오와리번에 대한 중앙정부의 시선은 나쁘지 않았던 것 같습니다. 서남(西南)전쟁[14]에도 출병에 응하여 부상자를 내기도 했습니다. 그렇다고는 하더라도 수입은 일제히 약

---

10) 일본에서는 장남은 이치로(一郎), 차남은 지로(次郎), 셋째는 사브로(三郎)라고 이름 짓기도 한다. 여섯째는 로쿠로(六郎)가 된다.

11) 메이지 정부가 중앙 집권제 행정 개혁을 위해 1871년에 '번'을 폐지하고 그 대신 '현'을 설치한 것을 말한다.

12) 우리나라의 서울 시장이나 도지사에 해당한다.

13) 아이치현 서부에 있던 오와리(尾張) 지역과 미노(美濃), 미카와(三河), 시나노(信濃)의 일부 지역을 통치했던 번이다. 번주는 도쿠가와(德川)의 후손이었다.

14) 1877년에 현재의 구마모현(熊本縣)·미야자키현(宮崎縣)·오이타현(大分縣)·가고시마현(鹿児島縣)에서 일어난 사족의 무력반란. 사이고 타카모리(西郷隆盛)가 맹주였다. 메이지 초기에 일어난 일련의 사족 반란에서도 규모가 가장 컸다. 이 내전은 사이고 타카모리의 전사로 막을 내렸다.

<도쿠가와 요시카쓰>16)

9할씩이나 줄었다는 기록이 있습니다. 게다가 약삭 빠른 상인들이 바가지까지 씌우니 견딜 수 없는 지경에 이르렀습니다. 다만 당시의 오와리번의 번주가 사족을 구제하기 위해서 여러모로 손을 쓴 것 같습니다. 그중 하나가 홋카이도(北海道) 이민입니다.15) 도쿠가와 요시카쓰(德川慶勝) 이하 3대 번주의 사적을 기록한 『3세기사략(三世記事略)』에 따르면 1878년에 번주는 개척사장관(開拓使長官)에 청원서를 내기도 했습니다.

큰아버지이신 다카기 다다쿠니는 당장 이 계획에 응하여 홋카이도로 건너갔지만 원래 노동에 익숙하지 않았을 뿐더러 혈기왕성한 전형적인 옛 사족이었던 그는 머지않아 나고야로 되돌아오고 말았습니다. 하지만 아버지에게 그런 이민 경험담을 들은 기억이 없습니다. 아버지가 기후현의 깊은 산속에서 초등학교장을 지냈다는 것을 보면, 아버지 나름대로 뜻한 바를 지키며 가난한 할아버지 집에서 더부살이를 감수하면서 좋은 기회가 오

---

15) 메이지 초기 일본 각지에서 가난한 집안의 사람들이 홋카이도로 이주했다. 생계를 위해서였다.

16) https://ja.wikipedia.org

면 도쿄에 가서 공부하려는 마음을 품고 있었던 것 같습니다.

1871년 5월에 오와리번 번주인 도쿠가와 요시카쓰는 중앙 정부에 다음과 같은 의견을 올렸습니다. 그 제1조에 '각 지방 학교 제도를 하나로 한다'는 조항이 있는데, 이에 대해 7월 '짐이 이것을 칭찬한다. 지금 설치하도록 한다'라는 것이 천황의 이름으로 전달됐습니다. 이리하여 1872년에 시행된 것이 초등학교령입니다. 의견을 올린 도쿠가와 요시카쓰의 추천이 큰 효과가 있었습니다. 초등학교령은 옛 번사의 생계를 구하는 하나의 방책이었습니다. 1872년에 아버지는 18세쯤 됐을 것입니다. 오늘날의 상식으로 생각해본다면 18세에 교장이 된다는 것은 납득할 수 없습니다. 하지만 당시 정치 지도자들의 연령이 어렸던 것을 보면 결코 불가능한 이야기는 아닙니다. 더구나 아버지가 부임했던 정확한 시기를 잘 알 수 없기에 그 시점을 좀 더 뒤로 늦추어서 생각해 볼 수도 있습니다. 가령 1879년, 즉 큰 아버지가 홋카이도로 이주를 했던 시기 정도로 가정한다면 아버지는 25세 정도였을 것입니다.

당시의 초등학교장은 상당히 자랑할 만했습니다. 특히 나고야에서 온 젊은 학자라면 미노(美濃)와 같은 깊은 산속에서는 문화인으로 행세할 수 있었고, 연회 등에서 사회적 지위 또한 촌장 다음이었습니다. 세파에 시달려 닳고 닳은 사람과 달리 그런 지위와 대우가 순수했던 아버지를 당황하게 했습니다. 하지만 아버지도 내심 자랑스럽게 초등학교장의 지위와 대우에 관해 이야기해 주었던 것이 어슴푸레 생각납니다. 가장 아쉬운 점은 구죠에 부임할 때까지 아버지가 어떻게 공부했는지를 전혀 알 수 없다는 점입니다. 아버지의 인생 후반을 알 수 있는 제 상상으로는 당시 나고야에는 새로운 기운에 가슴 부풀어 있던 아버지와 같은 소년을 매료시킬 만한 인물이 없었다고 생각합니다. 물론 아버지는 몰락 계층이기는 했지만 말입니다. 그렇기에 교장이라는 직책을 동경하여 구죠에 부임했던 것입니다. 막상 가보니 현실은 세속적인 일로 복잡하게 얽혀 있었고, 그것이 오히려 학문에 대한 그리움에 불을 지피게 됐다고 추정합니다. 만학의 나이를 걱정하면서도 역시 도쿄에 가서 본격적으로 공부해야겠다고 생각하면서 구죠 시절 모아둔 다소의 저축을 깨서라도 상경을 결심한 것입니다.

마침 그때 도쿄제대에 고전강습과가 부설됐습니다. 이는 훗날 선과(選科)[17]와 비슷한 성격을 지닌 곳입니다. 잘 알려져 있는 대로 도쿄제대는 1877년 4월에 법학부, 문학부, 이학부, 의학부를 개설했고, 문학부에는 사학철학과, 정치학과와 와한(和漢)문학과를 설치했습니다. 거기에 고전강습과를 추가했습니다. 고전강습과 설치 배경에는 앞서 언급한 조약개정에 관계된 서구화주의에 대립하는 민족주의적 국수주의 사상의 출현도 있었을 겁니다. 고전강습과는 입학 연령이 만 20세 이상으로 정해져

---

17) 본과(本科)와 달리 일부 과목만 이수했다. 제국대학에서는 본과 결원을 보충하는 형식으로 모집이 이루어졌다.

있었습니다. 이것으로 짐작하건대 이는 당시 점차 보급되기 시작했던 새로운 학제(學制)의 은혜를 입지 못했던 이른바 학문을 즐기는 청년층을 구하는 임시 조치였다고 생각해 볼 수 있습니다. 사실 고전강습과는 1882년과 1884년, 단 두 번만 모집했습니다. 수업 연한은 4년으로 1888년에는 폐지됐습니다. 이때 아버지는 제1회 국서과(國書課)에 입학했던 모양입니다.

국서과 외에 한서과(漢書課)가 있었습니다. 당시 도쿄제대의 와한문학과 교수였던 고나카무라 키요노리(小中村清矩)가 '고전강습과 개업 연설'에서 언급한 설립취지는 '역조(歷朝)의 사실, 제도의 연혁과 더불어 고금(古今) 언사(言辭)의 변천을 명확히' 한다는 것입니다. 이것으로 국서과에서 다루고자 했던 내용도 미루어 짐작할 수 있습니다. 강사는 모두 도쿄에서 살고 있는 권위자로 아버지가 자주 언급했던 인물만 나열하더라도 구메 모토부미(久米幹文), 고나카무라 키요노리, 사사키 히로쓰나(佐佐木弘綱)가 있습니다. 사사키 히로쓰나는 이세(伊勢) 출신이지만 당시 어엿이 도쿄에서 살고 있었습니다.

아버지는 식사 후 시간이 날 때마다 이 사람들의 강의를 그 말소리와 얼굴빛까지 그대로 흉내 내며 들려주었습니다. 가장 비슷하게 흉내 냈던 것이 쿠메 모토부미의 『대경(大鏡)』[18]의 한 구절입니다. 가잔인(花山院)이 억지로 출가당한 부분이었습니

---

18) 헤이안 시대 후기에 성립된 기전체(紀伝体)의 역사이야기다. 작자는 잘 모른다. 서명의 '대경' 곧 '오카가미'는 역사를 분명하게 비추어 내는 뛰어난 거울이라는 의미다. 문답체 형식으로 구성되었다.

다. 지금도 흉내 낼 수 있을 정도로 이상하게도 귀전에 맴돌고 있습니다. 발음은 매우 불명확하고, 템포는 낭독보다 좀 더 느리며 겨우 마디 같은 것이 이어져 있어 쾌조를 보입니다. 정확히 말하면 술에 취해 횡설수설하는 주정뱅이라기보다는 노인의 잠꼬대에 가깝습니다. 아버지의 태도도 선생님을 그리워하며 추억하는 것치고는 조금 익살스러웠습니다. 듣고 있던 중학생이었던 저도 그것을 진심으로 차분히 들을 리가 없었습니다. 또 시작이군 하는 마음으로 흘려들었습니다. 아버지도 그것을 알고 있었습니다. 조금은 이상하게, 조금은 감상에 젖어 혼잣말같이 읊조렸습니다.

청강하는 1기생은 30명 정도 있었다고 합니다. 물론 선생님들은 아버지에 비하면 다섯 살이나 열 살쯤 어렸다고 합니다. 훗날 제가 도쿄제대에 입학한 메이지 말기에도 아직 현역으로 남아 있는 사람이 있었을 정도입니다. 국사학에서는 하기노 요시유키(萩野由之) 교수, 국문학에서는 세키네 마사나오(関根正直) 강사 등이 있었습니다. 사사키 노부쓰나(佐佐木信綱) 선생님도 그렇지만 모든 선생님들이 현격히 많이 어렸다고 합니다.

아버지가 오랜 세월 간직했던 꿈이 이 고전강습과 재학 중의 도쿄생활에서 멋지게 실현됐습니다. 아마 아버지는 소년기에 젊은 무사를 거느리고 교토에 입성했을 때처럼 자신만만하게 상경했을 것입니다. 자신에게는 지금 더부살이할 때 몸에 익힌 학문과 교장을 했던 때에 꾸준히 모아둔 저축이 있으며, 최고의 학부에서 학벌 좋은 수재들과 책상을 나란히 하고 강의를 받게 됐기 때문입니다.

지금까지의 이야기는 확실히 어떤 아무개의 성공담 같습니다. 그런데 그 이후가 좋지 않습니다. 아버지가 걸어갈 미래에는 당연히 부딪칠 수밖에 없는 벽이 있다는 것을 시골에서 자라 세상물정 몰랐던 아버지는 몰랐습니다. 생각해 보면 같은 강의라도 그것을 수강하는 학생 사이에는 큰 차이가 있었습니다. 즉, 도쿄의 히노키부타이(檜舞台)[19]와 몰락사족 출신으로 독학을 한 시골 사람, 학자금을 여유롭게 부모에게 받는 자와 얼마 안 되는 저금통장으로 그날그날 재산을 탕진해 가는 자 사이에서는 커다란 차이가 있었습니다.[20] 게다가 연령이라는 극복할 수 없는 또 다른 하나의 절대적 격차도 있었을 것입니다. 아버지의 동급생이며 제 은사인 세키네 마사나오 선생님도 훗날 제게 "반에서 아버지가 눈에 띄는 연장자였다"고 말했던 적이 있습니다. 아버지로서는 졸업 후에도 좀 더 도쿄 생활을 계속할 뜻을 가지고 있었을 것입니다만, 실은 이와 같이 어떤 조건도 아버지의 희망 사항을 허락하지 않았습니다.

게다가 지금이라면 취직 알선은 교수님이 해 주는 것이지만,

---

19) 일류 극장을 지칭하는 말이다. 편백나무의 판목으로 바닥을 깔았던 것은 예전에 대극장 무대뿐이었던 점에서 생겨난 명칭이다. 그로 인해 큰 무대에 출연하는 것을 '히노키부타이를 밟는다'라고 부르게 되었다. 오늘날 세간의 관심이 집중되는 화려한 지위를 가리켜 사용하기도 한다.

20) 한마디로 말하면 친구들은 금수저를, 아버지는 흙수저를 물고 태어났다는 말이다.

당시 고전과의 교수 중에 그런 실력자는 일단 없었다고 해도 좋을 것입니다. 모두가 어느 정도의 권위는 있었지만 졸업생 그것도 시골뜨기에게 도쿄 생활을 보장할 만한 실력자는 아니었습니다. 나쁘게 말하면 고전과가 설치된 것 자체가 말하자면 이러한 무형문화재와 같은 사람들의 생활을 지탱하기 위함이었습니다.

그렇다고 하지만 고전강습과 2회 졸업생 중에도 가정환경이 좋거나 머리가 탁월하거나 혹은 적당히 연고를 가지고 있었던 사람은 대학에 흡수되기도 하고 실제 작가로서 가단(歌壇)에서 활동하기도 하고 방송 데뷔를 하거나 했습니다. 하지만 아버지는 불행하게도 그 어디에도 포함되지 못했습니다. 의기양양하게 도쿄로 온 이 돈키호테는 입학과 동시에 획득한 것처럼 보였던 행복을 졸업과 동시에 빼앗겨 버렸습니다. 다시 맥없이 나고야로 돌아가는 것 말고 다른 방도가 없었습니다.

하지만 아버지의 이 실의와 좌절이 그대로 실업으로 이어지지는 않았습니다. 그 무렵의 아버지, 곧 아직 제가 태어나기 이전의 그러니까 아버지 이전의 아버지는 이때 자신감과 야망을 송두리째 빼앗겨 버렸지만 취업난을 겪지는 않았던 것 같았습니다. 그도 그럴 것이 지금도 시골입니다만 당시 나고야에서는 도쿄에서 돌아왔다는 경력은 전전(戰前)[21]의 '외국에서 돌아온

---

21) 일본에서 '전전'이란 보통 태평양전쟁(대동아전쟁) 이전을 가리키고, '전후(戰後)'란 1945년 8월 15일 이후를 지칭한다.

사람'에 견줄 정도로 대단한 평가를 받았던 것 같습니다.[22) 아버지는 나고야로 돌아온 지 얼마 안 되어 사범학교[23) 선생님으로 채용됐다는 사실만 봐도 잘 알 수 있습니다. 물론 당시 교사 부족의 문제를 생각해 볼 수 있지만 60만 석의 큰 규모의 번이 무너진 폐허에 아버지 정도의 학자라면 조금도 부족할 리가 없었을 것입니다. 그럼에도 아버지가 아무런 고생도 없이 전국에 아직 몇 안 되는 사범학교 선생님 자리를 얻게 된 것은 역시 도쿄에서 돌아왔다는 후광이 효력을 발휘했기 때문입니다.

이제야 제 출생에 대해 이야기할 차례가 됐습니다. 태어난 것은 앞에서도 언급한 것처럼 1888년 2월입니다. 어머니가 저를 임신했던 것은 1887년 봄이 되며, 결혼은 아무리 늦어도 그 이전일 것입니다. 어머니의 성은 이토(伊東), 이름은 지요(千代)입니다. 어머니에 대해서는 아버지 이상으로 하고 싶은 말이 많습니다만, '국문학 50년'이라는 주제와는 거의 인연이 없기에 아쉽지만 생략하겠습니다. 다만 감사하게도 대학을 졸업할 수 있었던 것은 제가 부모님에게는 무녀 독남의 외동아들이었기 때문입니다. 평생토록 감사하게 생각하는 바입니다. 혹 제게 '국문학 50년'을 이야기할 자격이 있다면 그것은 저를 외동아들로 낳은 부모님의 덕입니다.

외람되지만 여기서 어머님과 관련된 이야기를 하나만 하고

---

22) 아버지는 도쿄 유학파였다는 것이다.
23) 전전의 일본 및 식민지에 존재했던 초등 및 중등교원 양성 교육기관이다.

싶습니다. 사랑을 독점한 저는 자주 어머니에게 업혀 따뜻하게 포대기에 싸인 채, 어머니와 함께 장보기를 했습니다. 이런 행복이 몇 살 때까지 이어졌는지 기억할 리도 없습니다만, 아주 똑똑히 기억에 남는 광경이 있습니다. 아마 아주 추운 날 저녁 무렵이었을 것입니다. 어머니는 저를 등에 업고서 흔들흔들하면서 반복해서 노래를 불러주었습니다. 찬바람, 곧 아마도 이부키산(伊吹山)에서 불어오는 찬바람을 향해 어머니는 자못 행복한 듯 노래하면서 생글생글 웃으며 반쯤 고개를 돌려서 본 것같습니다. 포대기 속에 있었던 저는 그리 춥다고 생각하지 않았고, 같이 노래하거나 웃거나 했습니다. 그리고 77년의 생애에서 가장 행복했던 때는 그 순간이지 않았을까 하고 생각하곤 합니다. 제 민요 연구도 예상외로 그 자장가에서 이어졌는지 모릅니다. 그런 의미에서 어머니도 이 '국문학 50년'과 전혀 관계없는 것은 아니라고 생각합니다.

제가 태어난 것은 어머니에게는 이처럼 행복을 가져다줬을지라도 아버지에게는 학문에 대한 의욕을 빼앗은 것이 아닐까 하고 생각해 봅니다. 그 이후 대략 10년간이 아버지의 일생에서 가장 무료한 때였기 때문입

<이부키산>24)

---

24) https://ja.wikipedia.org

니다. 아버지의 의욕 상실에는 도쿄에서 공부할 때 아버지가 학문을 포기했다는 사정도 있을 것입니다. 또한 순수하게 학문적이라고는 말할 수 없지만 본인에게 건 야망 같은 것을 이 신생아에게로 돌린 것도 있을 것입니다. 그러나 이러한 추정은 아버지의 일생을 생각해보면 제게는 잘 이해되지 않는 부분입니다. 그도 그럴 것이 이 무풍대(無風帶) 다음에 편력시대(遍歷時代)가 오기 때문입니다. 아버지가 왜 편력시대로 들어갔는지 알 수 없기 때문입니다. 아버지가 본인을 포기하고 평범하게 살아가려고 편력을 시작했을 것이라는 추측만으로는 아무래도 석연치 않은 구석이 있습니다.

당시 가족 세 명은 자기 집에서 생활할 수 있었습니다. 생활은 풍족하지는 않았더라도 곤란할 정도는 결코 아니었습니다. 이런 중산계급의 생활에서 벗어나 아버지는 타향으로 떠났습니다. 편력을 시작한 것입니다. 본인의 좌절을 그의 외동아들에게 반복시키기 위해 그렇게 했다고는 생각하지 않습니다. 훨씬 훗날 아버지에게 들은 이야기이기는 하지만, 고향에서 선생을 하고 있으면 10년이 하루 같이 무사태평이었겠지만, 그 대신에 봉급은 거의 오르지 않았을 것이라고 합니다. 하지만 이곳저곳으로 옮겨가면 전임지의 교장과 협의하여 급여가 점점 오를 수 있었던 모양입니다. 고전과 출신이라는 방계(傍系)를 교장은 바라지 않았다고 해도 말입니다. 물론 거기에는 낯선 토지에서 일한다는 불안과 모험이 동반됐습니다. 아버지가 억지로 그런 불안과 모험을 무릅쓴 것은 제가 초등학교에 입학한 지 얼마 되지 않았을 때입니다. 아버지의 반골정신을 조금 나쁘게 이야기하면 자기 자신의 원수를 자기 아들에게 베도록 시킨 것과 같습니다. 제 어딘가에 반골 저항의 정신이 느껴진다고 한다면, 그것은 아버지에게 물려받은 성격이 유전됐다고 보기보다는 아버지의 집념 같은 것이 무의식중에 제게 이입된 것이 아닐까요?

참, 아버지의 편력생활은 꽤나 극단적이었습니다. 1898년에 후쿠오카(福岡)의 사범학교로, 그리고 기후의 사범학교 – 스모토(洲本) 중학교 – 야마가타(山形) 중학교 – 교토의 사범학교와 같이 말 그대로 동분서주하면서 일을 했습니다. 길게는 3년, 짧게는 반 년, 그때마다 봉급은 오른 모양입니다. 방치해 둔 것과 같았던 가계의 쪼들림은 10년간 아버지가 열심히 일해 어느 정도 회복됐을지도 모릅니다. 그렇게 모아둔 저축과 승급하면서 생겨난 일시금은 일찍이 아버지 본인의 학자금을 위해 벌었던 군조시대의 금액과 큰 차이는 없었던 것임에 분명합니다. 하지만 저는 그 덕분에 그럭저럭 아버지의 뜻을 계승할 수 있었습니다.

제2장

국문학의 싹

아버지의 편력을 쫓아 저도 초등학생 때부터 여러 학교를 전전했습니다. 그 편력서 같은 것을 소개하고자 합니다. 1894년에 아이치 사범학교 부속 초등학교에 입학했습니다만, 1897년에 후쿠오카(福岡)로 이사했습니다. 다음해에는 다시 기후로 돌아왔으며, 그해 9월에는 아와지(淡路)섬25)의 스모토 초등학교로 전학했습니다. 이곳에서 초등학교를 졸업하고 1901년에는 스모토 중학교에 입학했습니다. 같은 해 가을에는 눈 고장인 야마가타(山形)로 전학하고, 3학년이 된 1903년 4월에는 꽃의 도시 교토의 교토부립 제1중학교(京都府立第一中学校)(이하, 제1중학교)로 전학 갔습니다. 중학교를 졸업한 것은 1906년 3월입니다. 그 후 구제(旧制) 제3고등학교(第三高等学校)(이하, 제3고등학교)에 들어갔습니다. 그 무렵 고등학교 입학은 9월이었습니다.

우선 아와지 시절의 이야기부터 시작하겠습니다. 역시 그때가 그립습니다. 제 국문학도 이 시기에 싹을 틔웠습니다. 그렇다고 하지만 어디에 싹이 있었는지를 물어본다면 대답하기 어렵습니다. 다행이 이와나미(岩波) 출판사가 간행한 『고전문학대전집』의 월보에서 오우치 효에(大内兵衛)가 우리들의 이야기를 했습

---

25) 세토나이카이(瀬戸内海)에 있는 섬이다. 세토나이카이에서는 가장 큰 섬이다.

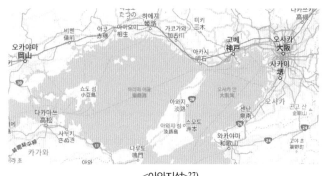

<아와지섬>[27]

니다. 오우치 효에와는 스모토 중학교에 입학했을 때부터 함께 어울리게 되었고, 가와지 류코(川路柳虹)는 초등학교 때부터 함께했습니다. 이렇게 셋이 사이좋게 지냈습니다. 그때 스모토에 다무라 후미이시(田村文石)라는 나이 드신 선생님이 있었는데, 셋이서 그 선생님께 와카(和歌)[26]를 배우러 다녔습니다. 이것이 국문학의 싹이었다고 분명하게 말할 수는 없습니다만, 저희 세 명에게는 공통의 싹이었을지도 모릅니다.

한 사람 한 사람에 대해서 생각해 보면 훗날의 시인이 그곳에서 싹을 피웠다고 하는 것은 어불성설입니다. 더구나 경제학자가 그곳에서 태어났다고 한다면 더욱 이상하지만, 다음과 같은 이야기도 있습니다. 대학생 때 동창이었던 센다 켄(千田憲)이 교토여자대학교 『국문학』 회보 30호(1966년 1월)에 「파도의 아

---

26) 5음(音)・7음・5음・7음・7음으로 된 정형시다.

27) http://image.search.yahoo.co.jp

와지」라는 수상록을 썼습니다. 그중에서 오우치를 언급합니다.

오우치도 국문과로 진학한다는 이야기를 하곤 했으나……
국문학 지망을 포기하고 신설된 경제학부로 갔다.

그의 말에 따르면 오우치도 당시 완전히 국문학과 관계가 없었다고는 할 수 없습니다. 중학교 1학년 때의 싹이 시들어 버린 것에 지나지 않는다고 추정할 수 있습니다. 게다가 다무라 후미이시 선생님 자신에게 국문학의 종자가 얼마나 감춰져 있었던 것인가 하는 것이 문제입니다. 선생님은 국문학도, 와카도, 예전의 국학도, 어느 것 하나 분화되기 전의 세계에서 살고 있었던 존재였기 때문입니다.

앞서 언급한 『고전문학대전집』의 월보를 읽어 보면, 오우치 효에가 쓴 것은 「만엽집(萬葉集)28)과 나」입니다. 그 부제는 '다카기 이치노스케에게 보고'로 되어 있습니다. 그리고 아래와 같이 나와 있습니다.

나는 아와지섬의 스모토 중학교 1학년 때, 다카기 이치노스케와 나란히 앉았다.

정말 그렇습니다. 제 옆자리가 오우치였습니다. 계속해서 다음과 같은 부분이 있습니다.

---

28) 일본에서 가장 오래된 시가집이다. 여기에는 4,500여 수의 와카가 수록되어 있다.

그리고 같은 반에 가와지 류코가 있었다. 우리 셋이서 국학자인 다무라 후미이시에게서 와카를 배운 적이 있다. 왜 그렇게 했을까? 다카기의 아버지는 국학자였고, 가와지의 아버지는 한문 시인이었기 때문에, 각자의 아버지들이 그 재능을 보이는 아들을 위해 주선해 주었다고 생각한다.

당치도 않은 말입니다. 재능 따위가 나타났을 리가 없습니다. 단지 오우치가 그렇게 생각했을 뿐입니다. 그다음이 재미있습니다.

여하튼 소년 세 명이 고쿠라(小倉)[29]의 바지를 입고, 중학교 모자를 쓰고, 작은 시골의 죠카마치(城下町)[30]에 있는 토담으로 된 어둑한 현관을 빠져나갔던 광경을 생각하면 60년 후인 오늘도 흐뭇함에 참을 수가 없다.

<죠카마치>[31]

---

29) 고쿠라에서 생산된 목면을 가리킨다. 고쿠라는 현재의 후쿠오카현 기타규슈시(北九州市)에 해당한다.
30) 봉건시대에 성(城) 주변에 발달한 시가지이다.

이 광경은 저도 생각납니다. 확실히 작은 성의 돌담이 있었습니다. 죠카마치 같았습니다. 스모토는 지금은 물론 도시지만 말입니다. 계속 읽겠습니다.

다무라 선생님은 이미 연세가 70이 넘었을까?

그 시절 선생님의 사진 곧 아버지 옆에 다무라 선생님이 서 있는 사진이 남아 있습니다. 사진을 보면 기껏해야 60세 정도의 모습입니다. 60년도 더 된 옛날 일에 대한 오우치의 기억이 정확한지 아니면 제가 소장한 희미해진 사진이 맞는지 판단하기 어렵습니다. 여하튼 연세보다도 훨씬 나이 들어 보이는, 노학자와 같은 풍격의 인물이었습니다. 계속해서 다음과 같이 나와 있습니다.

부풀어 오른 오래된 다다미를 밟고 (선생님은) 저희들을 오래된 작은 책상 앞에 앉게 했다. 그리고 그때부터 매주 몇 수의 와카를 지어 종이에 써 두라고 명했다. 우선 그 견본으로 다음의 노래를 베껴 쓰라고 했다.

우리집
연못 주변에 등나무(藤) 꽃이
피었구나
이미 두견새가
날아와 울어야 할 때인데[32]

---

31) https://ja.wikipedia.org

모처럼 이런 일이 시작되었는데 다카기는 얼마 안 되어 교토의 중학교로 전학을 갔다.

역시 60년이란 세월이 지나니 오우치의 기억이 잘못되었나 봅니다. 저는 교토에 전학 간 것이 아닙니다. 야마가타로 옮겼습니다. '우리 집'으로 시작하는 와카도 제 기억이 정확하다면 중학교에서 다무라 선생님의 수업시간에 들었던 것 같습니다. 모토오리 노리나가의 그 유명한『고금집원경(古今集遠鏡)』이라는 곧『고금화가집(古今和歌集)』33)의 구어역(口語譯)이 있습니다. 다무라 선생님은 그것을 곁에 두고 그대로 학생들에게 전해 주었습니다.

제가 왜 지금도 그것을 기억하고 있는가 하면 이것이『고금화가집』여름 부(部)의 권두를 장식한 노래로 선생님이 초여름이 될 무렵 수업에서 이 와카를 필사하도록 했기 때문입니다.『고금집원경』의 구어역도 관서(関西)34) 사투리이지만 선생님의 말투도 아와지 특유의 방언이었습니다.

국문학 발생 이전의 분화되지 않은 시기의 학문 혹은 와카 짓는 법 같은 것이 중학교의 국어로 꽤 통용되고 있었습니다.

---

32) 원문은 이렇다. わが宿の 池の藤波 さきにけり 山ほととぎす いつか来なかむ.

33) 헤이안 시대 전기에 천황의 명으로 만들어진 와가집 곧 칙선화가집(勅撰和歌集)이다. 전 20권으로 구성되어 있다. 우리말 번역서로는 구정호가 옮긴『고킨와카슈』(소명출판, 2010)가 있다.

34) 일본은 도쿄를 중심으로 한 관동(関東) 지역과 오사카(大阪)를 중심으로 한 관서 지역으로 크게 나눌 수 있다.

오우치가 말한 것처럼 아버지가 제 재능을 인정했던 것인지 어떤지, 가와지의 아버지도 가와지의 재능을 인정했던 것인지 어떤지는 잘 모르겠습니다. 여하튼 그 지역에서 유명한 학자가 와카를 가르치고 있다고 하니 한 번 가 볼까 하는 마음에 저희 셋은 의논했고, 각자의 아버지에게 허락을 청했고, 가도 좋다고 했기에 갔던 것입니다. 그러한 연유로 제 국문학의 싹은 그 시기 국문학 그 자체의 싹을 상징하고 있는 것처럼 생각됩니다. 무슨 말인가 하니 당시 국학은 역시 학문이라고 생각됐지만, 국문학은 아직 학문으로 세상에서 통용되지 않았던 시대였습니다.

가와지의 아버지는 에도의 유명한 학자인 가와지 칸도(川路寬堂)입니다. 막부를 섬겼던 가와지 토시아키라(川路聖謨)의 손자였습니다. 당시 가와지 칸도는 『가와지 토시아키라의 생애』라는 방대한 책을 집필하고 있었고, 스모토에서 영어 선생을 하고 있었습니다. 가와지의 어머니도 역시 가인(歌人)35)입니다. 어쩌면 이 어머니가 가와지에게 다무라 선생님에게 와카를 배우라고 권했기에 가와지가 제가 있는 곳으로 오게 되고, 이에 오우치도 함께하게 됐다는 것이 정확한 설명입니다. 전에도 제 아버지의 편력 시절 이야기는 했습니다만, 가와지의 아버지도 마찬가지였습니다. 순수한 에도 토박이가 아와지섬의 선착장에서 생활하게 됐습니다. 지금 생각해 보면 옛날 도시 사람이 유배를 당한 거와 다를 바 없습니다. 가와지의 어머니도 사실은

---

35) 와카를 짓는 사람을 지칭한다.

고상한 에도의 토박이로 그 말투 또한 스모토 같은 곳에서는 아까울 정도였습니다. 게다가 한창 때의 나이로 상당한 미인이었습니다. 풍속화에 나오는 장군 부인에 견줄 정도였습니다.

그 무렵 학교에서 가장 인기가 있었던 선생님은 오타니 죠우세키(大谷繞石)라는 영문학자였습니다. 당시 이미 호토토기스(ホトトギス)36)의 유명 하이쿠37) 시인이었습니다. 도쿄제대에서는 라프카디오 헌38)의 애제자였다고 합니다. 아마도 일본민요에 대한 라프카디오 헌의 에세이를 일본어로 번역한 저서 등도 있을 것입니다. 지금도 라프카디오 헌을 연구하는 데 빠질 수 없는 참고문헌입니다. 오타니 죠우세키는 훗날 제4고등학교 교수가 됐습니다. 참, 제가 제5고등학교에 재직했을 때 만난 적이 있었는데, "아! 로쿠로 선생님의 아드님이군요!"라며 말을 걸어왔습니다.

다카다 초이(高田蝶衣) 등도 제4고등학교에서 배출됐습니다. 그는 하이카이를 하는 사람이라면 누구나 알고 있을 것입니다. 저보다 1년 선배였지만 요절했습니다. 그렇기에 오타니 죠우세키가 뿌린 씨가 다카다 초이라는 하이단(俳壇)의 싹이 됐다고 말할 수 있을지도 모르겠습니다. 그러고 보니 교토제대의 초대

---

36) 호토토기스사가 발행한 하이쿠(俳句) 잡지로 1897년에 창간됐다. 나쓰메 소세키(夏目漱石)의 소설 『나는 고양이로소이다(吾輩は猫である)』와 『도련님(坊っちゃん)』이 발표되기도 했다.

37) 에도시대에 발전된 문예로 5음·7음·5음의 17자로 구성된 정형시다. 세계에서 가장 짧은 정형시로 알려져 있다.

38) 일본 이름은 고이즈미 야쿠모(小泉八雲)다.

국문학 교수였던 후지이 오토오(藤井乙男) 박사도 아와지 출신으로 그 직계 애제자가 규슈제대의 나카무라 유키히코(中村幸彦) 박사입니다. 후지이 오토오는 국문학의 초대 권위자로 자영(紫影)이라는 호는 오래전부터 유명했습니다. 즉, 영문학, 국문학, 와카·하이카이의 작품들이 복잡하게 헝클어져 있던 상태에서 여러 작품과 학문이 싹을 피웠던 형세였습니다. 그것이 한 단계 더 유치한 단계에서 저희들 중학교 1학년생의 다양한 싹도 됐던 것입니다.

스모토 항구의 앞바다 쪽에 돌연 군함이 정박했고, 아이들끼리 그것을 보러 갔던 적이 있습니다. 초등학생이었지만 친구나 중학생 선배들과 함께 어린 마음에 기대에 부풀어 보러 갔고, 그 멋진 모습을 글로 썼습니다. 다행스럽게도 평판이 좋았습니다. 선생님들이 각 반을 돌며 읽어 주었습니다. 물론 문어체로 쓴 것입니다. 이것도 제 국문학의 싹이라고 할 수 있겠습니다. 당시는 초등학교에서도 모두가 문어체의 작문을 썼기 때문에 특별히 아버지로부터 고문을 배웠다던가, 사서오경의 음독을 했다던가 하는 기억은 전혀 없습니다. 당시 아버지는 하이칼라였습니다. 보통 정좌로 음독(音讀)하기 때문에 제가 음독을 했다면 다리가 저려서 아팠을 겁니다. 그런데 그런 기억이 없습니다. 지금도 한문이 약한 것은 아마 음독을 하지 않은 탓일 것입니다. 그래서 한문에 약한 책임은 모두 아버지에게 있지 저에게는 없습니다. 여하튼 아와지에서 보낸 시기의 추억은 지금도 잊을 수 없습니다.

그러한 추억을 아와지에 남겨두고 야마가타로 이사 갔습니다. 저처럼 소년기에 대여섯 번 이사를 간 아이는 아주 극소수일 것입니다. 오늘날도 공무원이나 샐러리맨들이 여기저기 전근하는 일이 종종 있습니다. 그것이 그 가정의 자녀에 어떤 영향을 끼치게 될까요? 어느 유명한 교육학 전문가가 그다지 걱정할 필요가 없을 뿐더러 오히려 견문을 넓힐 수 있기에 아이에게 끼치는 영향은 어른들이 생각하는 정도는 아니라고 말한 것을 어디선가 들은 적이 있습니다. 체험하지 못한 사람이 범할 수 있는 잘못된 생각입니다. 제 체험에 따르면 편력이란 어린이에게는 그렇게 간단한 일이 아닙니다. 그것만큼 외로운 것은 없습니다. 지금까지 처해 있던 환경을 송두리째 빼앗겨 마치 유괴당한 것처럼 외로운 것입니다.

처음 아와지에 갔을 때도 그랬습니다. 첫째 말이 다릅니다. 말이 서로 달라서 간단한 것도 이해하지 못했습니다. 지금도 그때의 분함을 뚜렷이 기억합니다. 스모토 초등학교 아이들이 신기한 듯이 저를 둘러싸고, "네 살던 곳에 철포 있니, 철포 있어?"라고 연발했습니다. 그때까지 지냈던 기후라는 지방은 넓은 의미로 나고야 사투리가 통용되는 곳이었습니다. 그런데 이제는 가미가타(上方)[39] 사투리의 세계로 들어가게 됐습니다. "철

---

39) '가미(上)'라는 것은 천황이 거주하고 있는 수도 혹은 그 인근을 말한다. 교토와 오사카 등을 지칭한다.

포(テッパ), 철포”라고 놀리기에 감당할 재간이 없었습니다. 우두커니 서 있을 수밖에 없었습니다. 훗날 알고 보니 그들이 말한 것은 아무것도 아닌 철포(鐵砲)를 의미하는 사투리였습니다. 아이들은 대답하지 못하는 저에게 “야, 니가 있던 곳에는 철포도 없었구나!” 하고 경멸하는 듯한 표정을 드러냈습니다.

아와지에서 야마가타로 들어가는 곳에 있던 이타야(板谷) 고개의 한 장면도 뚜렷이 기억합니다. 이타야 고개는 오우(奧羽)의 척량산맥 일각에서 뻗어 나온 몇 개의 선입니다. 후쿠시마(福島)에서 야마가타로 들어가는 철도에서 이타야 고개는 분명히 가장 높은 고개였습니다. 선로가 중간중간에 후진하며 올라가게 됐는데, 그 후진을 터널 안에서 하는 것입니다. 기차가 터널의 중간에서 불안하게 멈췄습니다. 깜깜한 가운데 “삐” 하는 기적이 울렸습니다. 무슨 일이 일어났는지 생각해 보니 후진을 하고 있었습니다. 나와서 보니 이번에는 지금 왔던 길이 아래에 보이며 벌써 한 단계 높은 곳에 올라와 있었습니다. 그런 불안한 기분으로 지하의 세계로 끌려 들어가는 것처럼 참으로 외로웠습니다. 딱 가을로 접어드는 9월 즈음 헐떡이듯 기차가 터널을 빠져 나왔습니다. 참억새 같은 것도 있었던 것 같습니다. 그 주변에서 잡목림의 와삭와삭하는 소리가 들렸습니다. 가을바람 소리가 차창에 들리다니 멋스러운 이야기지만, 제게는 풍유는커녕 침울하고 고독한 그러면서도 불쾌한 소리로 들렸습니다. 이른바 전학 여행의 상징 같이 그 생각이 머리를 떠나지 않았습니다.

도착해 보니 온통 눈으로 덮인 곳으로 좀처럼 가와바타 야스나리(川端康成)의 『설국』[41]과 같은 정취 따위는 솟아나지 않았습니다. 저를 동정해 준 사람도 있었습니다. 야마가

<이타야 고개>[40]

타에서는 야마가타번의 사족 아이들과 그 지방 아이들 사이에는 말투가 상당히 달랐습니다. 사족 아이들은 에도시대에 도카이도(東海道)[42]의 일족에서 번주를 따라온 무리이기에 아이치현 부근에 가까운 방언을 사용했습니다. 만약 제가 즈즈(ズウズウ) 방언[43]에 둘러싸여 있었다면 좀 더 외로웠을 것입니다. 저를 자기편이라고 생각한 사족 소년들은 저를 동정해 주었던 것 같습니다. 때때로 이런 좋은 경험도 있었습니다만, 어쨌든 어른들은 갑자기 변한 환경에 내던져진 아이의 고독함을 알기 힘들 것입니다. 그러한 경험을 대여섯 번 치르는 동안에 한편에서는 그런 고독감이 제 성격 속에 둥지를 틀었습니다. 그 속마음에는

---

40) http://image.search.yahoo.co.jp

41) 우리말 번역서가 다수 있다. 유숙자가 옮긴 『설국』(민음사, 2002)이 그중 하나다.

42) 혼슈(本州) 지역의 태평양에 인접한 중부지방의 행정구분을 지칭한다. 고대일본의 율령제도에서는 행정구역을 5기(五畿)와 7도(七道)로 구분했다. 7도에는 도카이도, 도산도(東山道), 호쿠리쿠도(北陸道), 산요도(山陽道), 산인도(山陰道), 난카이도(南海道), 사이카이도(西海道)가 있다.

43) 동북 지방 방언을 가리킨다. 후쿠시마(福島), 아오모리(青森) 등이 여기에 해당한다.

반골적인 요까짓 것 하는 기분도 생겨났습니다. 앞서 언급하였
던 '아버지의 세대에서 아들의 세대로'라는 이야기와는 별개로
이것이 제 국문학의 성격을 만들었던 것이 아닐까 하고 생각합
니다. 결국 환경의 영향입니다. 제가 풍토문예학을 제창하고자
했던 것도 이런 개인 사정이 있었기 때문입니다.

그런 소년 앞에 머지않아 눈밭의 생활이 펼쳐졌습니다. 그것
도 야마가타 지방이기에 전형적인 눈밭입니다. 남국의 아와지
섬에서 눈은 내릴까 말까 할 정도였습니다. 후쿠오카에서도 현
해탄의 바람은 차가웠습니다만, 싸라기눈 말고 눈이라는 것은

<도카이도>44)

---

44) 도카이도는 에도시대 정비된 5개 가도(街道) 중 하나로 동경 신바시를 기점으로 교
토 산조까지를 가리킨다.

<야마가타의 겨울>⁴⁵⁾

기억에 거의 없었습니다. 기후 지방의 생활도 거기서 겨울을 지내지 않았기에 눈의 숨결을 잘 모릅니다. 그러기에 실질적인 눈은 야마가타가 처음이었습니다. 야마가타로 갔더니 눈으로 쌓여서 굳어진 좁은 골목길이 굽이굽이 이어져 있었고, 눈이 지붕 위까지 겨울 내내 쌓여 있었습니다. 에스키모가 이런 것이지 않을까 하고 진심으로 생각했습니다.

하지만 제 국문학 싹은 이런 눈 속에서도 조금씩 돋아났던 것 같습니다. 야마가타에는 이미 다무라 후미이시와 같은 사람은 없었습니다. 다무라 대신에 등장한 것이 한 권의 시집인 『무현궁(無弦弓)』입니다. 제가 어딘가의 책방에서 처음 사온 문학

45) http://image.search.yahoo.co.jp

서라고 생각합니다. 『무현궁』은 가와이 스메(河井醉茗)의 첫 시집으로 1901년에 출판됐습니다. 그 당시 야마가타의 서점에 진열됐던 신간 서적을 시건방진 중학교 1학년생이 닥치는 대로 사왔다는 것 말고는 다른 의미는 없었습니다. 이것은 여담입니다만, 그 책 1장에 여성 누드화가 있었습니다. 그 누드화 때문에 산 것이 아닌가 하는 의심도 없지는 않습니다. 지금에 와서 생각하면 아무것도 아닌 극히 깨끗한 펜화로 그려진 삽화입니다. 일전에 프랑스 화가인 귀스타브 모로의 전시회에 가서 신화 속 여인상을 보면서 문득 그때를 떠올리고 웃음을 터뜨렸습니다. 사춘기란 그런 것일까요? 사람들 앞에서는 부끄러워서 그 책을 꺼낼 수는 없었을 겁니다. 감기인지 뭔지로 누워 있다가 어머니가 오면 그것을 보고 있다가도 다른 페이지로 재빨리 넘긴 기억이 선명하게 남아 있습니다. 즉, 시를 쓰는 싹이 트는 것과 이성에 눈을 뜨는 것은 어딘가 닮은 구석이 있었던 것 같습니다.

그때 가와지와는 가끔 편지를 주고받았습니다만, 오우치와는 왕래가 거의 없었습니다. 야마카타에서 지낸 시기에 국문학 관련이라고 하면 그런 것이 아닐까 생각합니다. 어쨌든 그때에는 벌써 근대적인 무엇인가가, 달리 말하면 그 싹이 이 소년에게도 들어오게 된 것 같습니다. 그 시기부터 유교풍의 한시든가 와카 같은 것 속에 서양시의 개념이 들어오게 됐습니다. 새로운 의미로 해석될 수 있는 시인이나 평론가가 나왔습니다. 지금까지의

가인 혹은 국문학자 등의 복고정신과는 전혀 다른 생각이나 감정이 생겨난 것이 아닐까 하고 생각합니다. 제 야마카타 시절의 경험에서 그렇게 생각하게 됐습니다. 신시사(新詩社)의 창설, 『명성(明星)』의 간행, 『헝클어진 머리칼(みだれ髮)』[46]의 출판 등은 모두 야마카타 시절 혹은 좀 더 거슬러 올라간 시기에 나온 것입니다. 하지만 제가 교토에 오기까지는 그런 것에 대해 구체적으로는 아무것도 알지 못했습니다.

야마카타에서는 외로웠던 것만 언급한 것 같습니다만, 교토에 갔을 때는 즐거웠습니다. 중학교 3학년 때였습니다. 3학년 봄부터 그 후 3년간은 그렇게 교토에서 살았습니다. 지금 돌이켜 생각해 보면 많은 일이 있었다고 생각하는데, 교토의 중학교로 전학 가는 것은 정말로 힘든 일이었습니다. 그때 함께 전학 온 사람이 나카라이 키요시(半井淸)입니다. 나카라이 키요시와는 오래도록 서신을 왕래했지만 지금은 이미 인연이 끊긴 상태입니다. 하지만 간접적으로 소식은 듣고 있습니다. 오사카부(大阪府) 지사, 가나가와현(神奈川県) 지사를 거쳐 요코하마(横浜) 시장을 몇 번인가 역임했다고 합니다. 한마디로 정치가로 유명한 사람입니다. 그 사람이 같은 시기에 함께 전학 온 학생이었습니다.

국문학 이야기에 들어가기 전에 우선 제 반골정신을 크게 불러일으켰던 이야기를 하나 들려드릴까 합니다. 전학 온 학생에 대한 불공평이었습니다. 이 학교에서는 나고야의 메이린(明倫)

---

46) 완역은 아니지만 박지영이 번역한 『헝클어진 머리칼』(지만지, 2014)이 있다.

중학교(현재의 아이치현립 메이와(明和) 고등학교) 교장이 된 선생님이 있었습니다. 그 사람의 방침이었다고 생각합니다만, 즉 성적을 처리하는 데 품행과 학업을 합하여 2로 나누는 것입니다. 보기에는 공평한 방법으로 보입니다. 예를 들어 1학년부터 입학한 학생은 학업만 좋다면 품행은 자연스럽게 1등입니다. 그런데 타지에서 전학 온 학생은 처음에는 일률적으로 품행이 3등입니다. 제가 공부를 잘했던 것처럼 들릴 것입니다만, 아무리 학업이 좋아도 전체 성적이 잘 나오지 않았습니다. 어쨌든 저는 실수를 하지 않으면 수학은 백점이었습니다. 3학년 1년간을 통틀어 백점이었습니다. 학업이 1등이었더라도 품행이 3등이 되면, 최종 성적은 2등일 수밖에 없었습니다. 저보다 훨씬 못하는 녀석이 품행이 1등이기에 상위권에 들었습니다. 품행이 정말로 좋다면 상관없지만 아이들이 볼 때 꽤나 비열한 녀석도 있었습니다. 하지만 전학 온 학생은 품행이 좋든 나쁘든 일률적으로 3등이기에 성적이 절대 1등이 될 수는 없었습니다. 하기는 3학년에서 4학년이 될 때는 제 품행도 2등을 받았습니다만. 그래도 학업 성적 1등에 더하여 2로 나누면 2등의 앞이나 1등의 끝에 가깝게 됩니다. 올곧은 소년으로서는 참으로 불공평하기 짝이 없었습니다.

하기야 제가 품행 2등 이상이 되지 못했던 것은 타지에서 왔기 때문만은 아니었습니다. 그렇게 된 것은 또 다른 전학생 친구 중에 유도 2단의 규슈(九州) 남자아이가 있었습니다. 그 아이와 친하게 지낸 것도 아마 제 품행이 2등이 된 한 가지 원인일지도 모르겠습니다. 중학교의 그러한 차별대우는 제 학교생활을 상당히 불쾌하게 했습니다. 불쾌했기 때문에 학교보다도 도서관에 가는 편이 훨씬 기분이 좋아서 부립 도서관에 틀어박히게 됐습니다. 잡지 『명성』을 읽거나 하는 것도 그러한 학교생활과 관계가 없지는 않았습니다. 결국 그러한 의미에서 저의 불만이 오히려 제 국문학을 크게 동요시키게 된 것입니다.

부립 도서관은 황실 정원 안에 있었습니다. 도서관을 나오면 마루타마치(丸太町)가 있는데 그 모퉁이에 마에카와(前川) 책방이 있었습니다. 달이 바뀔 때마다 『명성』이 나왔는지를 확인하러 몇 번이고 갔습니다. 자주 갔기에 책방 주인과 가깝게 지내게 됐는데 가는 김에 도서관에도 들렸습니다. 도서관과 마에카와 서점과는 끊으래야 끊을 수 없는 관계였습니다. 도서관에서는 닥치는 대로 책을 읽었습니다. 닥치는 대로 읽었던 책이기에 전혀 기억에 남아 있지 않습니다. 오래된 책으로는 『겐지이야기(源氏物語)』[47]가 있습니다. 『만수일로(万水一露)』라는 『겐지이야기』 옛 주석 판본이 있습니다. 그 정판(整版)의 초서체 가나(がな)를 중학생이 알 리가 없었지만 고생하면서 읽었고, 마침내 기리쓰보(桐壺) 권(卷)의 본문 1권을 도서관에서 필사했습니다. 아버지는 편력 시기에 이사할 때 방해가 된다는 이유로 고서를 거의 팔아버렸지만 정말이지 운 좋게 남아 있었던 책이

---

47) 다수의 번역서가 있다. 전용신 역의 『겐지이야기』(나남, 1999)도 그중의 하나다.

있습니다. 다치바나노 지카게(橘千蔭)가 저술한 법첩(法帖)[48]인 가모노 마부치(賀茂真淵)의 『만엽신채백수(万葉新採百首)』입니다. 아버지에게 배우는 것은 거의 없었고 혼자서 그것을 읽었습니다. 앞서 언급한 『만수일로』와 마찬가지로 그냥 음독으로 읽을 뿐이었습니다. 그래서 기리쓰보 1권이라면 지금도 부분적으로 암송할 수 있고, 훗날 고등학교와 대학에 들어가서 배웠던 『겐지이야기』나 『만엽집』보다도 이쪽이 훨씬 몸에 배어 있습니다. 그 대신에 틀린 것을 틀린 대로 기억했기에 나중에 식은땀을 흘린 적도 적지 않았습니다. 앞서 말했던 『만엽신채백서』에 나오는 칠석 노래(권10・2055)의 첫 구가 '아마노카무(あまのかむ)'인데 변체가나(変体仮名[49])로 쓰여 있었기에 정확히 읽을 수 없습니다. 제 마음대로 '아마노카코라(あまのかこ(舟士)ら)'라고 외웠습니다.

소설류에서 지금 기억나는 것은 역시 도쿠토미 로카(德富蘆花)의 『추억의 기록(思出の記)』입니다. 정말로 재미있어서 2편 정도 도서관에서 빌려서 읽었습니다. 그런 책을 살 수 있는 경제적 여유가 집에 없었습니다. 아버지가 소설류를 금지했던 것은 아닙니다. 그런 점에서는 감사하게 생각합니다. 국어국문학이라는 지금과 같은 관념이 없었을지도 모르지만, 모토오리 노

---

48) 붓과 먹으로 적은 서적 중에서 보존과 감상 및 학습용으로 만들어진 것을 가리킨다. 일반적으로는 근세 이전의 서적을 지칭하기도 한다.
49) 현재 사용하는 가나(かな)와 다른 가나. 혹은 흘려 쓴 가나.

리나가의 책을 읽으라든가, 히라타 아쓰타네(平田篤胤)와 같이 위대한 사람이 되라는 교육은 전혀 하지 않았습니다. 뭐든지 괜찮다, 좋아하는 학문을 하라는 방침이었기에 다양한 책을 마음 편히 읽을 수 있었습니다. 그리고 집에는 책이 없었기에 자연히 도서관이 서고가 되었고 얼마 안 되는 용돈을 몽땅 털어 마에카와 책방에서 몇 권 안 되는 책을 사 오는 것이 소중한 귀중서가 되었습니다. 그중에서 정기적으로 샀던 것은 『명성』뿐입니다. 그 시기 『명성』에서는 미나모토쿠로 요시쓰네(源九郎義経)와 야마토 타케루(日本武尊) 등의 장시(長詩)가 요사노 뎃칸(与謝野鉄幹)과 히라키 하쿠세이(平木白星) 등의 합작으로 빈번하게 시험됐던 시대였습니다. 낭만주의 소년 시인인 이시카와 다쿠보쿠(石川啄木)가 처음으로 시단, 특히 『명성』에서 데뷔한 시대이기도 했습니다. 그 『명성』을 통해서 당시의 시(詩)나 단가의 세계를 엿보았습니다. 우에다 빈(上田敏)이라든가 모리 오가이(森鴎外)를 알게 된 것도 아마 정기 구독하던 『명성』덕택이었습니다. 그런 인물들에게 상당히 흥미는 있었지만 단행본을 샀던 기억이 한 번도 없습니다. 집에 구매 능력이 없었기 때문입니다.

중학교 상급생이 되면서부터는 영어와 만나게 됐습니다. 예외 없이 영시 같은 것에는 넌더리가 났습니다. 책 이름은 잊어버렸지만, 얇게 가철한 46판의 책으로 오른쪽에 원문이 있고 왼쪽에 해석이 붙어 있었습니다. 작자는 구미의 시인으로 영국인으로는 워즈워스, 셸리, 바이런 등등이 있었고, 미국인으로는 롱펠로, 휘트먼과 같은 사람이 있었습니다. 그때 또한 고등학교 입시는 간단하지 않았습니다. 전국 공통 시험이었기에 자칫 잘못하면 센다이(仙台)나 가고시마(鹿児島)로 가야만 했습니다. 그것은 저로서는 진학 단념으로 이어질 수 있는 것이었기에 입시용 어학을 위해 영시가 아무런 도움도 되지 않는다는 것은 잘 알고 있으면서도 시험 공부하는 틈틈이 읽곤 했습니다.

제3고등학교에 입학하게 됐습니다만, 제 국문학은 아직 맹아 단계였습니다. 당시 고등학교는 요즘 제도로 말하면 대학의 교양학부 과정에 해당합니다. 실상은 상당히 다릅니다만, 이것은 당시 구제 고등학교의 방침에 따른 것입니다. 지금의 교양학부 과정은 입학과 동시에 방향이 정해져 버립니다. 그렇지 않으면 학점을 딸 수가 없습니다. 하지만 구제 고등학교는 그것과 반대로 입학함과 동시에 오히려 시야가 넓어지게 됩니다. 어느 쪽이 좋다 나쁘다고 말하고자 하는 것이 아닙니다. 구제 고등학교는 무언가를 하는 것이 아니라, 하고 싶은 것을 정하기 위해 공부하러 오는 곳입니다. 강의를 듣거나 책을 읽으면서, 느긋하게 지내다 보면 어느새 3년이 지나고 맙니다. 대학에서 무엇을 할 것인가를 생각하며, 예를 들어 고등학교 3년 동안 어떠한 것이 재미있었기에 또한 자신에게도 맞는 것 같아서와 같은 이유로 어떤 전공을 하고자 하는 생각이 드는 것입니다. 무엇보다 처음부터 1부, 2부, 3부로 나눠 있습니다. 1부는 법문계, 2부는 이공

계, 3부는 의과였습니다. 하지만 반드시 그대로 진학하지는 않았습니다. 나고야대학교에 재직했었던 영문학자 구도 요시미(工藤好美)가 있습니다. 그 사람 또한 제가 제5고등학교 때 가르쳤던 사람으로 3부였습니다. 그러데 어느새 의학을 버리고 와세다대학교 영문과로 진학했고, 영문학으로 졸업했습니다. 이런 경우가 빈번하게 있었습니다.

언제인지 정확하게 기억하지는 못하지만 제3고등학교에 입학할 때 어떤 책을 읽었는지, 입학시험 준비로 무엇을 했는지를 수험 잡지에 쓴 적이 있습니다. 스에카와 히로시(末川博)와 가나모리 도쿠지로(金森德次郎)와 저, 이렇게 세 명이 썼습니다. 세 명 모두 수험생 때 무엇을 공부했는지보다도 다른 이야기를 썼습니다. 제가 쓴 것은 수험 공부보다도 당시 집 근처에 있었던 시모가모(下鴨)의 신사(神社)에서 했던 독서체험이었습니다. 나무 그늘이 좋은 강가에 해먹(나무 그늘 같은 곳에 달아맨 침상용 그물이나 천)을 달고 그 위에서 수험 공부를 했습니다. 수험 공부 말고는 어김없이 워즈워스의 책 한 권을 졸음 방지용으로 들고 가서 읽었습니다. 한참 공부하고 나면 어김없이 잠이 옵니다. 덕분에 워즈워스의 책을 더 많이 읽었습니다. 이제 와 생각해 보면 어떤 수업 참고서가 도움이 됐는지는 잊어버렸지만, 워즈워스와는 그 후로도 계속 인연이 있었다는 것을 또렷이 기억합니다. 수험 잡지에 이와 같은 내용을 적었는데 정도의 차이는 있겠지만 다들 저와 같은 수험 공부를 하고 있었습니다.

그런 수험 공부를 했던 사람들이 들어가기에 적당한 곳이 구제 고등학교였습니다.

제가 구제 고등학교에 들어갔을 때, 아버지는 대학에서 법을 전공하면 어떻겠냐고 말했습니다. 그 문제로 아버지와 논쟁을 한 기억은 없습니다. 아버지에게 얼마간의 불평이나 불만을 들었을 겁니다. 나중에 알게 된 사실이지만 아버지가 저에게 법과를 추천한 것은 법학을 하면 나중에 타인에게 위협당하지 않고 일을 자유롭게 할 수 있다는 아버지의 경험이 있었기 때문입니다. 그 당시 정말 자유롭게 말할 수 있는 사람은 사법관이나 대학교수뿐이었습니다. 그런데 대학교수는 아버지의 경험상 단념해야만 하는 것이었습니다. 그러기에 사법관 이외에 그럴 수 있는 것은 없다는 주의였습니다. 정말 말하고 싶은 것을 말할 수 있는 것은 뭐라고 해도 법과를 나와서 변호사나 재판관이 되는 길이라는 것을 자신의 체험으로 알았고, 그래서 아버지는 저게 법과를 권유했던 것입니다. 하지만 저는 법과는 조문(條文) 암기와 같은 귀찮은 과정이 늘 따라다니고, 저로서는 도저히 감당해낼 수 없는 힘든 세계라고 생각했습니다. 예를 들어 니호 가메마쓰(仁保亀松)라는 교토제대 교수가 고등학생 때 법학통론을 가르치러 온 적이 있었습니다. 대단하다는 평판이었습니다. 제게는 그저 법률의 도깨비같이 보였습니다. 그 강의를 듣고 문과에서 낙제점을 받지 않은 것은 저 혼자였습니다. 그 결과가 제게는 제가 누구보다도 문과에 부적격이라는 증거라고 생각됐습니다. 부끄러웠습니다. 실제로 낙제한 사람들은 그것을 자랑삼아 말을 퍼뜨리고 다닐 정도였습니다. 제 학문의 싹은 고등학교에 들어가서 크게 부풀대로 부풀었지만, 그것이 국문학으로 곧바로 이어졌다고는 말하기 어렵습니다.

제가 다녔던 제3고등학교의 선생님에 대해 이야기하겠습니다. 사실 저는 외국어와 외국문학을 공부하고 싶었습니다. 시라면 와카보다도 영문학의 고전 등을 하려고 속으로 생각했습니다. 그런 눈으로 본 탓인지, 영문학에는 멋진 선생님이 많은 것처럼 보였습니다. 구리야가와 하쿠손(厨川白村) 선생님도 그중한 분입니다. 선생님은 마침 구마모토의 제5고등학교에서 우리학교인 제3고등학교로 전근 왔고, 후에 교토제대의 영문과로옮겼습니다. 제5고등학교에서 제3고등학교로 전직 후, 가장 먼저 제 반에 왔습니다. 그리고 맨 처음 저를 지명했습니다. 매우혼났지만, 그래도 대단한 사람이었기에 그것을 원망하지는 않았습니다. 훗날 제가 도쿄제대의 도서관에 파묻혀 생활하고 있을 때였습니다. 혼자서 부지런히 공부를 하고 있었을 때, 고딕식 건물의 어두운 입구 쪽에서 누군가 손을 흔들고 있었습니다. 하지만 누구에게 손을 흔들고 있는지 몰랐습니다. 그도 그럴 것이 열람석에는 많은 학생들이 조용히 책을 읽고 있었기 때문입니다. 어두워서 누군지 모르면서도 역시 저에게 손을 흔드는 것처럼 보여서 옆으로 가 봤습니다. 다름 아닌 구리야가와 선생님이었습니다. 정말 반가웠습니다.

그리고 이토 고사부로(伊藤小三郎) 선생님도 대단한 사람이었습니다. 존 모리의 문학론을 가르쳤는데, 저희들이 수업 내용에 이의를 제기하러 떼를 지어 몰려가도 소용없었습니다. 아무래도 저희가 맞고 선생님의 말씀이 틀렸다는 생각이 들어 이것저것 질문하거나 논쟁해 봐도 '그럴 리가 없습니다' 하고 단호하게 말할 뿐이었습니다. 당시 저희들은 그것만으로는 납득할 수 없었지만, 점점 시간이 지나고 보니 역시 이토 선생님 말씀이 옳았다는 것을 알게 됐습니다. 대단한 장서가이기도 했습니다. 퇴직 후 책방을 개업했다고 하기에 한때는 경멸했지만 지금 생각해 보면 장사를 시작하는 것 또한 이토 선생님다운 풍격을 나타낸 것이었습니다. 나루세 무쿄쿠(成瀬無極) 선생님도 유명했습니다. 이분이 독일어로 하우프트만 등을 낭독하면 그 훌륭한 화법에 황홀히 넋을 잃고 듣곤 했습니다.

　　국문학에는 하야시 신타로(林森太郎) 선생님이 있습니다. 이분은 수석으로 대학을 졸업했는데 정말 여성스러운 분이었습니다. 학생들에게 놀림을 당하면 슬픈 얼굴을 하고 고개를 숙이는 분입니다. 하지만 저는 국문학을 할 것이라고는 생각하지 않았을 뿐더러, 게다가 국문학이라는 것이 고등학교의 교과로 반드시 중요한 과목이라고 그 누구도 생각하지 않았습니다. 저도 그랬습니다. 이것은 국문학 그 자체를 존경하지 않았던가, 선생님을 존경하지 않았던가 그 어느 쪽입니다. 아마도 그 둘 다 해당했을 겁니다. 지금도 아쉬움은 남아 있습니다만, 당시 고등학교는 외국어 중심의 세계였습니다. 사상 같은 것을 국문학에서는 직접 배울 수 없었습니다. 또 한 사람은 사카쿠라 도쿠타로(坂倉篤太郎)입니다. 이 젊은 선생님은 제3고등학교의 동창회장 혹은 그와 관련된 일을 하고 있었습니다. 사카쿠라 도쿠타로 선생님께 『겐지이야기』를 배웠습니다. 이 분은 어학의 달인으로 독일어도 가르쳤습니다. 사카쿠라 선생님께 독일어를 배우지는 않았지만, 이런 면이 선생님의 매력이었습니다.

외국 문학에 대한 제 관심은 점점 강해져 갔습니다. 그런데 그런 마음에 찬물을 끼얹은 것이 '굿리치(Goodrich)'라는 영국인 선생님이었습니다. '굿리치'라고 하지만, '나는 굿(good)도 아니지만 리치(rich)도 아니다'라는 것이 선생님의 자기소개 첫 구절이었습니다. 찬물을 끼얹었다는 표현보다는 사실은 제가 제멋대로 물을 맞은 격입니다. 선생님의 영작문 시간에는 모두 미리 자유롭게 문장을 써 와서 그것을 칠판에 씁니다. 그러면 선생님은 너무나 손쉽게 그 문장을 고쳤습니다. 저희가 몹시 고생하여 문법이 틀리지 않도록, 철자도 실수 없도록, 그리고 잘만 하면 명문장이 되지 않을까 하고 기대하며 가져갔습니다. 그러면 선생님은 너무나도 간단히 수정했습니다. 그것도 라프카디오 한 같은 문호라면 몰라도 말입니다.

사실 그는 예전에 선원이었습니다. 일본 어딘가의 기항지에서 본선이 떠난 지도 모르게 정신없이 놀다가 혼자 남겨졌습니다. 생활이 어려워 영어를 가르칠 곳을 찾던 끝에 제3고등학교의 영어 교사가 된 것 같습니다. 그러한 예가 당시에는 자주 있었습니다. 그러기에 교양 수준이 매우 낮았고, 시 같은 것은 대체로 해석하지 않는 선생님이었습니다. 저희들이 보잘것없는 것을 써 가면, 일단 시적이라고 칭찬한 후에 '그런데 이건 말이지, 저건 말이지'라며 전치사나 수사를 고쳤습니다. 하지만 저희들은 왜 그렇게 되는 것인지 그 이유를 모를 때가 많았습니다. 저는 생각했습니다. 구리야가와의 영문학도 재미있었고, 이토의 이야기에도 감탄했지만, 도대체 대학을 졸업할 때까지 언제면 수정하지 않아도 되는 완벽한 영어 문장을 쓸 수 있을까 하는 것입니다. 그렇게 생각하니 앞날이 캄캄해졌습니다. 당연히 알고 있다고 생각했지만 일개 선원의 영어도 쫓아갈 수 없는데 셰익스피어나 브라우닝의 시 같은 것을 과연 정말 알 수 있는지 어떤지 불안한 마음을 지울 수 없었습니다. 일본문학이라는 것이 아무리 빈약하더라도 일본 민족의 한 사람으로서 무슨 일이 있어도 일본문학을 할 수밖에 없었습니다. 일본문학을 해서 참된 의미를 알게 된다면 이것은 서양인이 아무리 잘난 척을 해도, 나는 일본인이라는 근거를 바탕으로 자신감을 가질 수 있지 않을까 하는 것을 깨달았기 때문이 아닙니다. 외국문학을 포기하는 마음으로 대학에서는 국문학을 하려고 마음먹었습니다. 진심입니다.

진심이 있다면 의례적 명분도 있습니다. 후지오카 사쿠타로 (藤岡作太郎) 교수가 도쿄제대에 있었습니다. 제가 고등학교에 입학하기 바로 전인 1906년 10월에 그 선생님의『국문학전사 헤이안조편(国文学全史平安朝篇)』이 출판됐습니다. 장정(裝幀)은 말할 것도 없고 모든 면에서 당시로서는 굉장히 파격적이고 획기적인 저서였습니다. 학위논문을 단행본으로 낸 것이었습니다.『이본산가집(異本山家集)』이라는 것도 그 후에 출판됐습니다. 그것에 심취하여 저는 고등학교의 악수회(岳水会) 잡지에『사이교(西行)를 읽다』라든가『산가집(山家集)을 읽다』라든가 하는 제목의 에세이 같은 논문을 썼습니다. 역겨운 문장이기는 하지만 이러한 것을 쓴 것도 결국 선생님의 매력에 빠졌기 때문입니다. 이것이 제가 대학에서 국문학을 하기로 했다는 의례적 명분입니다.

후지오카 선생님의 어떤 부분에 매력을 느끼게 됐는가를 물어본다면 대답하기가 정말 어렵습니다. 왜냐하면 50년 전에 느낀 매력을 오늘날의 입장에서 말하면 상당히 비판적이 되기 때문입니다. 하지만 그러한 비판만으로 정리할 수 없는 선생님의 매력을 지금도 느끼고 있습니다. 즉, 후지오카 선생님의 견해가 새롭다든가 낡았다든가 하는 문제가 아닙니다. 문학이라는 것에 대해 직접 언급했습니다. 아무리 언급했다고 하더라도, 결국은 메이지시대에 일어난 일에 지나지 않습니다. 당시는 모든 것이 국학이라든지 어학이었습니다. 어학이라고 하더라도 박언학(博言學) 곧 언어학과 같이 기술적인 것이었습니다. 국학이더라도 사상 면에서는 재미있었습니다. 그러한 국학적 사고가 횡행

했습니다. 횡행이라고 하더라도 그렇게 많지는 않았습니다. 예를 들어 '모노노아와레(もののあわれ)'론 등이라고 해도 그 무렵에는 모토오리 노리나가의 겐지(源氏)론, 결국 '모노노아와레'론을 『겐지이야기』를 읽는 하나의 마음가짐 같은 것이라고 생각하던 때였습니다. 『겐지이야기』를 읽는다는 것은 사방에 두주(頭注)가 있고, 어의(語義)에 관한 주석이 있음을 의미했습니다. 또한 그러한 훈고(訓詁)를 시작하기에 앞서 모토오리 노리나가의 '모노노아와레'론은 이것만은 유념해야 한다는 서설과 같은 것이었습니다. 즉, 극단적으로 말하면 범례와 같은 것이라 여겨졌습니다. 하지만 그것이 실은 모토오리 노리나가의 문학론이라고 생각하게 된 것은 훨씬 나중의 일입니다. 제 일생에서 말한다면 후반생(後半生)의 일입니다.

당시 아직 고등학생으로 온 세상의 국문학 관련 서적을 섭렵했던 것은 아니지만, 그러한 사막 같은 곳에서 홀로 문학을 언급하고 있는 사람, 그것이 후지오카 선생님의 매력이었다고 지금도 생각합니다. 그렇다고 해서 그 후지오카의 문학론을 그대로 오늘날에 적용하는 것은 실수입니다. 다만 그 선을 좀 더 성장시키고 수정시키는 차원에서 다른 문학론이 개척될 가능성은 있었습니다. 같은 역사를 바라보는 데도 교토의 아름다움을 서정적으로 서술한다는 그 자체보다는 문학을 그러한 풍토 위에 배양하여 꽃 피우게 한 것에 흥미를 느꼈습니다. 곧 사상에 편승하고 있기는 하지만 사상 그 자체라기보다는 훨씬 사상을 지배하고, 사상을 인간화한다는 점에 당시 강한 매력을 느꼈습니다. 그렇게 하면 서양의 브라우닝이나 셰익스피어를 연구하는 방식과 통한다고 생각했습니다. 사상가가 사상을 보고, 역사가가 역사를 보는 것과 같은 것을 문학연구가는 문학을 중심으로 봅니다. 그것은 누군가 해야만 하는 것인데도, 그것은 이렇게도 재미있는 것인데도, 그것을 하지 않고 어휘를 찾곤 합니다. '모노노아와레'에 대해서 논한다면, 사상을 도외시하고 역사를 배제하면서 '모노노아와레'의 망령을 쫓고자 하곤 합니다. 주종관계가 바뀐 것이 아닌가 하는 생각이 들었습니다. 지금도 그러한 생각이 다소 남아 있습니다. 그런데 그렇지 않은 것이 후지오카 선생님의 매력이었습니다. 후지오카 선생님이 하는 일은 지금 돌이켜보면 너무나도 소박한 것 같지만, 그것에 무언가 무한한 가능성 같은 것을 당시 느낄 수 있었습니다. '굿리치' 때문에 영어에서 멀어진 사람으로서 가야 할 곳은 국문학이라는 것을 후지오카 선생님의 책을 읽고 생각했습니다. 이것은 결국 더 나아가서는 교토와 도쿄의 다른 점일 것입니다.

교토제대에 갈 것인지 도쿄제대에 갈 것인지를 두고 고민했습니다. 제3고등학교 문과를 나온 남자 가운데 저 그리고 도쿄제대의 법과에 입학한 한 명 이외에는 전부 교토제대에 진학했습니다. 제게서 편력의 버릇이 나왔던 것인지, 저는 도쿄에 뜻이 있었습니다. 교토제대의 국문학 선생님으로는 이전에 잠깐 언급한 적이 있는 후지이 오토오, 고우다 로항(幸田露伴)도 있

었습니다. 제3고등학교 때, 고우다 로항과 이야기를 한 적이 있었습니다. 실로 모르는 것이 없었습니다. 박학박식했습니다. 이 도코노마(床の間)50)의 장식기둥은 어떤 나무이

<도코노마>51)

며, 이 재료는 어떤 상태인지 등에 대해 자세히 설명했습니다. 이런 것조차 몰라서는 문학을 할 수 없다고 한다면 정말로 제게는 문학을 할 자격이 없다고 느꼈습니다.

결국에는 도쿄제대의 후지오카 선생님이 있는 곳에서, 후지오카 선생님이 있는 도쿄제대에서 국문학을 공부하는 것이 제 외곬의 길이 되어 갔습니다. 이것이 국문학을 지망하게 된 의례적 명분입니다.

---

50) 일본 전통 주택에서 볼 수 있는 인테리어 형식의 하나다. 주로 손님을 맞이하는 방의 한편에 만들어 두고 족자를 걸어두거나 꽃을 장식해 두거나 한다.

51) http://image.search.yahoo.co.jp

제3장

아카데미즘 속으로(1)

앞서 이야기한 것처럼 도쿄로 터벅터벅 떠났습니다. 홀로 떠나는 편력 여행이었습니다. 도쿄제대는 고성(古城)과 같이 위엄으로 가득 찬 곳이었습니다. 시민들은 물론 교내의 학생까지 자부했던 최고학부의 분위기를 말하기 전에, 그 전주곡의 의미로 교외 생활의 일부분을 이야기하고 싶습니다.

한마디로 말하면 초등학교부터 제3고등학교까지 십수 년이나 이어진 편력 생활에서 일그러진 고독함과 그것을 지켜 준 외동아들에 대한 아버지의 집념과 어머니의 애정이 표면상으로는 매우 솔직하고 평범하게 느껴졌습니다. 하지만 그 열매는 이상하리만큼 변형되고 뒤틀려져 있었습니다. 유난히 지는 것을 싫어했던 이러한 반골적인 성향이 3년간의 학교생활로 이어졌습니다. 그때 교토에 있던 아버지는 일을 그만두게 됐습니다. 그 대신 제가 태어난 나고야 이케다쵸에서 작은 사립 중학교 선생님을 하면서 얼마 안 되는 연금으로 제 학비를 대주었습니다. 하숙비는 월 11엔 50전으로 17엔의 송금 중에서 하숙비를 지불하고 남은 잔금이 생활비였습니다. 그러다 보니 고비키쵸(木挽町)[52](이 부분은 후술)나 미사키마치(三崎町)[53]에서는 가부키를

---

52) 도쿄도(都) 중앙구 남부의 옛 명칭이다. 가부키좌(歌舞伎座) 주변, 긴자(銀座)와 지

입석으로 구경했습니다. 특히 미사키마치에는 당시 인기 여배우 나카무라 카센(中村歌仙)이 있었습니다. 또한 혼고잇쵸메(本鄕一丁目)에 있었던 와카다케(若竹)에서 라쿠고(落語)[54]를 즐겼습니다. 초대 야나기야코(柳家小)의 <소코쓰나가야(そこつ長屋)>, 산유테엔쿄(三遊亭円喬)의 <목단등롱(牡丹灯籠)> 등을 즐겁게 봤습니다. 니시카타마치(西片町)에 있는 스즈모토(鈴本)는 하숙집 근처이기에 자주 다니던 곳입니다. 그곳의 온나기다유(娘義太夫)[55] 등도 즐겼습니다. 즐거움(이 부분은 후술)을 위해 때로는 정문 앞 갈림길에서 가미나리몬(雷門)의 덴키브란(電気ブラン)까지 원정도 마지않았습니다. 그 비용을 잘도 감당했던 것에 놀라울 따름입니다. 한편 돈은 들지 않았습니다만, 아직까지도 낡은 채 예전 모습 그대로 남아 있는 하루키마치(春木町)의 혼고(本鄕) 교회나 니시가타마치의 구도학사(求道學舍), 간다(神田)의 청년회관 등에 설교나 강연을 들으러 가기도 했습니다. 지금 생각해 보면 어이없는 일이지만 그때는 그럴 시간이 있었던 모양입니다.

쿠치(築地) 사이를 가리킨다. 지명 유래는 에도시대 초기에 에도성(城) 보수공사에 종사했던 고비키(木挽) 곧 목재를 다루는 사람 대부분이 여기에 살았던 것에 의한다.
53) 도쿄도 지요다구(千代田区)의 약칭이다. 지요다구의 북부에 위치한다.
54) 에도 시대에 성립되어 현재에 이르기까지 전승되고 있는 이야기 예능의 한 종류다. 시민과 대중을 위한 예능으로 성립했다. 의복, 도구, 음악에 의존하는 것은 비교적 적다. 몸짓이나 손짓을 가미하여 이야기하는 방식의 예능이다.
55) 여성에 의한 기다유(義太夫)를 말한다. 기다유라는 것은 오사카의 다케모토 기다유(竹本義太夫)가 시작한 조루리(浄瑠璃)의 한 종류이다. 조루리는 일본 전통 악기인 샤미센(三味線) 반주에 맞추어 가락을 붙여 엮어 나가는 이야기이다.

당시 도쿄제대가 양성하고 있었던 것은 지금 생각해 보면 좋든 나쁘든 순수하게 아카데믹한 분위기였습니다. 그것이 아카몬(赤門)56)의 세계를 막아 버렸던 것은 아닐까요? 5년, 10년 지나서 되돌아보면 제가 살았던 아카몬의 하늘에는 아카데믹한 분위기가 어슴푸레하게 자욱했던 것 같습니다.

대학에 입학하기 전에도 도쿄에 견학하러 간 적이 있었습니다. 그때는 철도마차가 다니던 시대로 쌍두마차로 달리던 마차가 도중에 탈선을 해서 아사쿠사(浅草)에서 센가쿠사(泉岳寺)까지 몇 시간이나 걸렸던 적이 있습니다. 그때까지 그런 도쿄밖에 몰랐었습니다. 도쿄에서 생활하게 된 것은 태어나서 처음이었습니다. 하물며 도쿄제대가 어떤 곳인지 알 리가 없었습니다. 후지오카 선생님의 강의 하나에 의지하여 대학이라는 세계에 뛰어들었던 것으로 도쿄제대 그 자체에 대해서는 전혀 무지했습니다. 그런데 뛰어들어서 맨 처음 만난 재난은 그 중요한 후지오카 선생님의 작고였습니다.

국문학 선생님으로 하가 야이치(芳賀矢一) 선생님과 우에다 가즈토시(上田万年) 선생님이 주임으로 있었습니다. 당

<아카몬>

---

56) 동경제대를 가리킨다. (사진 역자 제공)

연한 이야기이지만 아버지가 예전에 강의를 들었던 선생님은 한 분도 있지 않았습니다. 다만 아버지의 동창인 고전과 출신의 세키네 마사나오(関根正直) 선생님과 사사키 노부오카 선생님 등이 있었습니다. 어쨌든 후지오카 선생님의 죽음은 커다란 충격이었습니다. 타계한 것은 1910년 2월이었고, 제가 대학에 입학한 것이 1909년 9월입니다. 지금도 그다지 다르지 않을지도 모르겠습니다만 대학 강의라는 것은 좀처럼 개강하지 않았습니다. 시작했다고 생각하면 이번엔 휴강이 시작됐습니다. 게다가 후지오카 선생님은 지병으로 천식이 있었는데 조금 낡은 손수건을 목에 감고 나왔습니다. 작은 몸집이었습니다. 그의 문장을 통해 상상한 것과는 정반대의 사람이었습니다. 강의 내용은 무로마치(室町) 시대의 문학사였습니다. 마침 국문학 전사(全史)인 헤이안쵸(平安朝)편이 완성되어 그 무렵에는 그다음 시대의 부분에 대해서 강의했습니다. 현재 도호(東圃)(후지오카 선생님의 아호) 전집으로 나와 있는 『가마쿠라・무로마치시대문학사』라는 것이 있습니다. 선생님의 명문으로 만들어진 것이 아니라 학생들의 강의 노트를 모은 것입니다. 선생님이 돌아가신 후 성실해 보이는 학생에게서 모은 것이기에 선생님 강의의 모형은 될지라도 강의 그 자체는 아닙니다. 선생님 입장에서 본다면 『국문학전사 헤이안쵸편(国文学全史平安朝篇)』을 잇는 가마쿠라・무로마치시대편(鎌倉・室町時代篇)이었습니다. 아마도 전편보다 좀 더 확고하게 자리 잡은 명문으로 낼 작정이었을 것입니다.

후지오카 선생님의 말투는 무언가 중얼중얼 거리는 듯 들렸습니다. 바로 그 점에서 명문의 원형을 느낄 수 있었습니다. 그점이 매력이었습니다. 수년간 조금씩 진도가 나간 것 같은데 제가 수업을 들었을 시기에는 『도연초(徒然草)』[57]를 했습니다. 그것을 3회 정도 들었을까, 그해 9월부터 돌아가실 때까지 강의는 점점 휴강이 됐고, 이듬해 1월부터는 거의 한 번도 없었습니다. 그러던 사이에 부음이 들려와 깜짝 놀랐습니다. 단 2, 3회 정도밖에 강의를 듣지 못했는데…… 참으로 난감했습니다. 충격이컸던 탓인지, 선생님의 장례식 모습을 단편적이기는 하나 잘 기억합니다. 신입생이었기에 물론 본당 위에 올라가지는 않고 정원의 구석에서 아득한 불경 소리를 듣고 있었습니다. 그 이후의장면은 좀 기억이 흐릿하지만 주변에 여러 선배가 있었고, 신입생인 저에게 저 사람은 누구고, 그 옆은 누구라고 가르쳐 주었습니다. 그중에 나카무라 후세쓰(中村不折)가 있었는데 저 사람이 나카무라 후세쓰인가 하고 빤히 그 옆모습을 바라봤습니다. 그 『국문학전사 헤이안쵸편』의 획기적인 장정을 한 것이 바로그이기 때문입니다.

매년 가을에는 문부성이 주최하는 전람회가 있었습니다. 당시에는 문부성 전람회를 문부성미술전람회(文部省美術展覽会)(이하, 문전)라고 불렀습니다. 후지오카 선생님은 그 전람회의 심

---

57) 요시다 겐코(吉田兼好)가 적었다는 수필이다. 『침초자(枕草子)』・『방장기(方丈記)』와 함께 일본 3대 수필의 하나라고 평가받는다. 몇몇 번역서가 있다. 최근에 나온 것으로는 김충영과 엄인경이 공역한 것이 있다. 도서출판 문(2010)에서 나왔다.

사위원을 맡고 있었습니다. 지금의 국문학자는 좀처럼 그런 곳에 나갈 수 없습니다. 문부성이 나쁘다기보다는 국문학자가 나빠서 그렇습니다. 선생님은 그 시기 벌써 『근세회화사(近世繪画史)』라는 유명한 저서도 있었습니다. 제4고등학교를 졸업할 무렵에는 미술학교에 들어갈까, 사학과에 들어갈까를 고민했을 정도로 학문의 폭이 넓었습니다. 선생님이 심사위원을 맡았던 것에는 커다란 이유가 있었습니다. 가을에 문전(文展)이 개최될 때에는 국문담화회(國文談話會)라는 국문과의 모임이 도쿄제대의 야마노우에고텐(山上御殿)58)에서 항상 열렸습니다. 그곳에서 후지오카 선생님을 초대하여 비평을 들었습니다.

저는 후지오카 선생님의 비평에는 한 번밖에 출석하지 못했습니다. 그때는 별 볼 일 없는 선배들도 불청객이었지만 들으러 왔습니다. 그들은 너무나도 자기 이야기를 하고 싶어서 온 사람들이기에 길어지는 그들의 이야기를 감당할 수가 없었습니다. 그러한 중간중간에 저희들은 후지오카 선생님의 이야기를 애타게 기다렸습니다. 제가 기억하는 것은 역시 선생님과 같은 사람이 심사위원에는 필요하다고 절실히 느꼈던 점입니다. 그 이유는 이렇습니다. 당시 아라라기(アララギ)59)의 가인이자 화가인 히라후쿠 햐쿠스이(平福百穗)가 있었습니다. 훗날 유명인이 된

---

58) 일찍이 도쿄대학 본부가 있었던 일본식 건축이다.

59) 1908년에 이토 사치오(伊藤左千夫)를 중심으로 『아라라기(阿羅々木)』라는 이름으로 창간되었다. 이듬해 『아라라기(アララギ)』로 제목을 바꿨다. 마사오카 시키(正岡子規) 문하생 가인들로 구성된 네기시단가회(根岸短歌会)의 기관지가 되었다.

사람입니다만, 당시는 아직 그 정도는 아니었습니다. 그 햐쿠스이에게는 <아이누 마을(アイヌ村)>이라는 작품이 있었습니다. 옥수수 밭 같은 곳에 아이누 사람이 있는 고상한 담채화였습니다. 그 그림에 설마 0점을 줄 사람이 있을까 생각했는데 실제로 있었다고 합니다. 다행스럽게도 100점을 준 사람이 있어 결국 그 그림이 입선했다는 이야기를 후지오카 선생님에게 들었습니다. 말투로는 선생님이 100점을 준 쪽이지 않을까 생각했습니다. 그때 제가 느낌 점은 결국 화가들의 파벌 세계에서 심사를 하게 되면 심사위원의 제자는 그 실력이 어떻든 통과된다는 것입니다. 혼자서는 아무리 좋은 그림을 그려도 결국 입선하지 못한다는 소문은 그 당시에도 곧잘 들었습니다. 선생님과 같은 제3자가 심사위원 중에 들어가 있으면 좋지 않을까 생각했습니다.

또 다른 추억은 1903년에 도쿄제대 국어연구실이 간행한 『국어학서목해제(國語學書目解題)』에 관한 것입니다. 이 책이 몇 권 연구실에 남아 있었던 모양인데, 그것을 국문학 전공 학생 전부에게 준다고 하기에 연구실로 받으러 갔습니다. 그랬더니 때마침 그곳에 있었던 후지오카 선생님이 건네주었습니다. 싱긋 웃으시면서 말입니다. 정말 감사했습니다만, 실은 그것이 좀 더 문학적인 것이었더라면 좋았을 텐데 하고 생각했던 것도 어렴풋이 기억납니다. 지금도 그 책을 사용할 때에는 역시 선생님의 추억이 아련하게 되살아나곤 합니다. 메이지의 인간이기 때문입니다. 선생님을 직접 개인적으로 만난 것은 단 한 번이었습니다. 적극적인 학생은 자주 놀러 갔던 것 같습니다. 선생님은 병환이 잦았기에 가 봤자 폐만 될 뿐더러 띄엄띄엄 이야기를 들어봤자 큰 의미는 없을 것이라 저는 생각했습니다. 그래서 강의에서 좀 더 선생님을 뵙겠다고 생각했는데 그런 사이에 선생님이 저세상으로 가버렸습니다. 왠지 분한 기분이 들었습니다.

그런 산시로(三四郎)[60]인 제게 도쿄제대의 문과 건물만은 정말 위압적이고 게다가 매력적이었습니다. 자주 하는 말이지만 관동대지진으로 분쇄된 건물은 고딕의 중세적인 것이었습니다. 틀린 말일지도 모르겠지만, 그것을 지은 기술자는 훗날 제국호텔의 라이트와 같이 타지에서 온 사람이라고 합니다. 일본의 건축가가 지은 것 같지 않은 건물이었습니다. 주변 환경과 그다지 조화를 이루지 못했지만, 당시의 문과 학문을 상징하는 듯한 독일적이며 아카데믹한 스타일로 저를 포함한 당시의 문과대학 학생 전체를 쭉 내려다보고 있는 구조였습니다. 그런 의미에서 제가 중세문학에 흥미를 가지고 그것에 관한 테마로 졸업논문까지 쓴 것은 무엇보다도 그 건물 때문일지도 모르겠습니다. 그 기술자는 일본의 지진 문제는 생각하지 않고 학문의 위엄만을 생각했던 것 같습니다. 철근은 없고 전부 벽돌을 쌓은 것이었습니다. 지진이 일어났을 때 순식간에 붕괴됐습니다.

---

60) 촌사람을 나타내는 대명사. 나쓰메 소세키의 소설 『산시로』의 주인공 이름이기도 하다.

<제국호텔>61)

제가 입학할 당시의 대학 구조는 독일 직수입 제도였습니다. 학부장은 쓰보이 구메죠(坪井九馬三)였습니다. 그 후 몇 번이나 바뀌었습니다만, 그 당시는 크게 철학·역사·문학으로 나뉘었고, 그것을 더욱 세분화하는 원칙은 계속 이어져 오늘날에 이르렀습니다. 그리고 하나 더 있습니다. 좋든 나쁘든 아직까지도 남아 있는 것은 어학을 존중하는 정신입니다. 그 정신에 더해 학점제도와 졸업논문제도까지 이 세 가지가 얽혀 있습니다. 저희 때는 3년간 12학점을 이수하면 됐습니다. 이후 37, 8학점을 이수해야만 했습니다. 요즘 학생들은 예를 들어 제도상으로 38학점이 정해져 있으면, 실수로 39학점을 따게 되면 1학점 손해를 봤다고 생각하는 모양입니다. 예전의 학생들은 딱 12학점만을 이수하는 학생은 거의 없었습니다. 대체로 15, 16학점은 땄습니다.

이것도 메이지식 사고방식일지도 모르겠습니다만, 필수가 30

---

61) https://ja.wikipedia.org

몇 학점으로 갑자기 늘어나게 된 것도 학생들의 자유정신이 쇠퇴한 탓일지도 모르겠습니다. 그 대신에 어학은 매우 강제적이었습니다. 영어, 독어, 불어 중에서 두 과목을 통과하지 않으면 아무리 학점을 이수했더라도 졸업논문을 낼 수 없었습니다. 졸업논문을 내지 못하면 당연히 졸업도 할 수 없었습니다. 하지만 이런 제도는 제게는 굉장히 유리하게 작용했습니다. 그 이유는 앞서 이야기한 바와 같이 저는 원래 고등학교 때는 영문학을 하려고 했습니다만, 굿리치에게 당해서 하는 수 없이 자신의 운명은 국문학이라고 생각하게 됐기 때문입니다. 국문학으로 온 무리 가운데에는 외국문학이라고 하면 질색하여 국문학으로 온 사람도 있었습니다. 외람된 말이지만 저는 군계일학이었을지도 모르겠습니다. 어학시험은 연 1회였는데, 그 제1회 시험이 제가 입학한 해의 2월경에 있습니다. 어학시험은 교과서에서 출제하는 것이 아닙니다. 선생님의 재량으로 출제하기 때문에 입학시험과 같은 것이었습니다. 어학력, 즉 독해력과 지극히 간단한 영작문입니다만, 그것이 안 되면 5년이든 6년이든 졸업논문은 낼 수 없었습니다. 그래서 당시의 어학시험 제도와 그런 저의 사정이 잘 어우러졌는지 입학한 이듬해 봄에 치른 시험에서 영어와 독어 모두 통과했습니다. 그렇다면 남은 2년 반 동안은 뭘 하면 좋을 것인가 인데, 이미 학점도 문제없으니 졸업논문만 쓰면 됐습니다. 그래서 2년 반 동안 논문만 썼습니다. 즉, 제게 2년 반의 시간은 참으로 자유로웠던 시간이었습니다. 나중에 생각해 보면 역시 매우 아카데믹한 짙은 안개 속이었던 것입니다.

저와 같은 사람이 있다는 것이 학교에 폐해가 될 수 있다고 생각한 것이었을까요? 학부장이 쓰보이 구메죠에서 우에다 가즈토시로 바뀌게 되자, 좀 더 상식적으로 고쳐져 어학시험은 교과서를 읽고 그 안에서 출제하게 됐습니다. 학점 또한 너무 적다는 판단하에 당시 시대에 순응하는 시스템으로 바뀌었습니다. 굳이 한마디 하자면, 시스템 변경으로 책을 읽는 어학력이 급격히 떨어지고 학생들은 정해진 학점 이상을 이수하는 것을 창피하게 생각하는 오늘날의 분위기가 생겨난 것이 아닌가 생각합니다. 여하튼 제가 어학시험을 치렀던 당시는 그런 시대였습니다.

물론 즐거웠던 일만 있었던 것은 아닙니다. 슬펐던 일도 있었습니다. 정말로 저를 슬프게 했던 것은 당시의 아카몬은 당연히 아카데믹한 분위기였어야 했는데, 창피하게도 당시 제게는 그런 자각은 없었습니다. 그것보다도 홀로 도쿄에 왔다는 생각에 정말 외로웠습니다. 주위를 둘러봐도 모두 제1고등학교 출신으로 보였습니다. 열등감이라기보다는 오히려 고독감이었던 것 같습니다. 제 출신 고교를 제외하면 그 밖의 고등학교에서는 문학부에 5명이나 10명 정도는 입학한 모양입니다. 그들 그룹은 복도에서 즐겁게 이야기하고 있었지만, 제게는 말할 상대가 아무도 없었습니다. 제3고등학교에서는 저 한 사람이었습니다. 제 동창들은 교토제대에 입학했기 때문입니다. 별 수 없기 때문에 외로이 있었습니다. 편력 시절의 연속이었습니다. 그 고독감이

저를 도서관 생활로 피난
가게 했습니다. 교토 제1
중학교에서 했던 것처럼 말
입니다. 도서관에서는 고
독은 없었습니다. 정확히
말하면 모두가 똑같이 고
독했던 것입니다. 지금의

<도서관>62)

대학 도서관은 매우 왁자지껄하여서 '정숙'이라고 붙여 놓을 정도
이지만 당시 도서관은 괜찮았습니다. 고요하고, 저마다의 책상
위에는 칸막이가 있고, 스탠드도 있어서 한 사람 한 사람 자유
롭게 불을 켜고 끌 수 있었습니다. 그것은 너저분한 교토의 부
립 도서관에 비교할 바가 못 되었습니다. 어려웠던 점을 말하자
면 제가 자주 책을 빌리러 가면 대출대에 있었던 완고한 노인이
정말 귀찮다는 듯이 노안경 너머로 힐끗 이쪽을 내려다보는 불쾌
함 정도였습니다. 저는 2년 반 그곳에서 공부했습니다.

　그 당시 세미나 같은 것이 있었는지 어쨌는지…… 아마 있었을
지도 모르겠습니다만, 저와 같은 외톨이를 부를 만큼 공개적이지
않았습니다. 다만 우에다 선생님이 신입생 몇 명을 자기 집으로
불러 매회 과제를 정해 무언가 이야기를 나누는 모임을 만들어
주었습니다. 이에 대해서는 나중에 다시 이야기하겠습니다.

　제가 대학을 졸업하고 대학원에 있을 때 일입니다. 미국 대사

62) http://image.search.yahoo.co.jp

관의 참사관인 아넬이라는 분이 대학원에 들어왔습니다. 그는 일본문학(특히 가부키)을 좋아했는데, 그 관저에서 몇 명의 학생들이 연구회를 열게 됐습니다. 원육회(元六会)라는 이름이었

<요세>64)

는데 실제 멤버도 6명이었습니다. 집주인인 아넬 외에 시마쓰 히사모토(島津久基), 누마자와 타쓰오(沼沢竜雄), 미야자키 하루미(宮崎晴美), 미우라 나오스케(三浦直介)와 저였습니다. 나중에 제가 지방으로 돌아간 후에 히라바야시 하루노리(平林治徳)가 대신 들어왔습니다. 각자 저마다의 연구를 가져와서 의견을 교환하는 방식이었습니다. 활발히 이루어졌습니다. 하지만 지금의 세미나와 같이 의욕적이지는 않았고 다소 사교적인 분위기가 더 강했습니다. 고백하자면 저는 그 관저의 요리 맛에 유혹당한 느낌이 없지 않았습니다. 낮에 느끼는 고독을 도서관의 그야말로 단조롭고 아카데믹한 다른 고독으로 도망쳐 마음을 달랬던 저는 밤이 되면 전공이 다른 친구들과 술을 마시거나 요세(寄席)63)에 다니거나 했습니다.

---

63) 에도 시대 도시에서 유행하였던 라쿠고(落語), 기다유, 마술(手品), 음악 등의 대중
   예능을 공연하는 오락장이다.

64) http://image.search.yahoo.co.jp

그때에는 영화가 없었기 때문에 요세에 갔던 것입니다. 기다유(義太夫)[65]라는 것이 아사쿠사(浅草)나 혼고(本郷), 그 밖에 도쿄 여러 곳에 있었습니다. 이것에 대해서는 언젠가 학사회(學士會)의 잡지에 쓴 적이 있습니다. 저만 불량스러웠던 것이 아니라 당시 사람들은 적어도 공부하는 사람들은 휴식을 위해 갔습니다. 공부하지 않는 사람은 특별히 그런 곳에 갈 필요는 없었습니다. 실은 전년도에 수학의 모 권위자의 전기를 편집하기 위해 그의 제자인 도쿄제대 교수가 생면부지인 저를 찾아온 적이 있었습니다. 그 은사가 학생 때 온나기다유의 팬이었기 때문에 온나기다유의 지식을 물으러 온 것입니다.

'어떡할 거니'라는 무리가 있었습니다. '어떡할 거니'라는 것은 구호입니다. 즉, 너무나도 좋아서 죽을 것 같은데 어떻게 해 줄 것인가라는 의미에서 '어떡할 거니, 어떡할 거니'라는 구호를 무대를 향해 외치는 것입니다. 그러한 열광팬이 되면 자신이 좋아하는 온나기다유의 인력거를 밀어서 그녀를 집까지 데려다 주기까지 했던 모양입니다. 제가 이렇게 무사히 졸업한 것을 보면 아무래도 저는 기분 전환하는 정도에서 멈추고 '어떡할 거니'와 같은 무리가 되지 않았

<모모와레>[66]

---

65) 오사카의 다케모토 기다유(竹本義太夫)가 시작한 조루리(浄瑠璃)의 한 종류이다.
66) http://image.search.yahoo.co.jp

턴 것 같습니다.

지금 돌이켜보면 그 무렵 온나기다유는 꽤 이상한 존재였습니다. 다만 그녀들의 머리는 소녀 머리모양의 하나인 모모와레(桃割れ)[67]에 화려한 꽃 장식을 꽂았으나 복장은 남장으로 가타기누(肩衣)[68]를 걸치고 앞에는 마키에(蒔絵)[69]를 가지고 있었습니다.

처음은 매우 차분하지만 남자다운 저음을 냈습니다. 하지만 절정에 이르면 특히 시대물(時代物)[72]에 나오는 영웅들의 투쟁을 연기할 때는 머리장식을 풀고 머리를 풀어헤쳐 양손으로 마

<마키에>[71]

<가타기누>[70]

67) 에도시대 후기부터 쇼와에 걸쳐서 조닌(町人) 곧 도시에서 거주하던 장인 및 상인 계층의 여자아이 사이에서 유행하였던 머리 형태다.
68) 소매가 없는 짧은 상의로 서민들의 생활 속에서 방한용 옷으로 오래도록 착용되어 왔다.
69) 금·은 가루를 뿌려서 다듬는 일본 특유의 미술 칠공예 기법의 하나다.
70) http://image.search.yahoo.co.jp
71) http://image.search.yahoo.co.jp
72) 우리의 사극(史劇)에 해당한다.

에키를 잡고 울부짖습니다. 그런 무대가 가와이 스이메이(河井醉茗)의 <무현궁>에 대한 흥미로 이어졌다고 생각합니다. 다만 그것이 온나기다유의 전부는 아니고, 그중에는 정말로 좋은 것도 있었습니다. 백분을 잔뜩 바르고 입술을 새빨갛게 하는 것만이 노(能)가 아닙니다. 역시 예술 그 자체로 감동하게 하는 중년 여인이나 노파도 있습니다. 그렇다고 하더라도 당시의 일이니까 분라쿠(文楽)73)와 같이 인형으로 대신하지는 않습니다. 정면의 좁은 무대에 이야기꾼과 연주자가 앉던지, 혹은 기키카타리(弾き語り)라고 해서 1인 2역을 맡습니다. 그래도 각본은 산카츠 한시치(三勝半七)든가 니노 쿠치무라(新ノ口村), 간혹 메이지의 쓰보 사카테라(壺坂寺) 등을 뒤섞은 20번이 있을까 말까 하는 빈약한 레퍼토리입니다.

당시 이미 원로급이었던 다케모토 고토사(竹本小土佐) 등은 1965년 4월에 훈5등보관장(勲五等宝冠章)을 받았으니까 예술인으로서도 인정받은 것입니다. 아마도 93, 4세였을 겁니다. 당시 오사카에 도요타케 로쇼(豊竹呂昇)가 있었습니다. 그 사람은 전국적으로 유명해서 도쿄의 동서명인회(東西名人會)(분라쿠에서 남자 역할을 하는 기다유는 물론 라쿠고 그 외의 일류 예능인의 모임-저자 주) 등에도 참가하여 인기를 끌었습니다. 매우 미성이었습니다. 그래도 다케모토 고토사가 예술은 한 수 위로 얼굴도 미인이지만 목소리도 미성이었습니다. 도요타게 로쇼

---

73) 일본 전통예능인 인형 조루리를 가리키는 대명사다.

는 온화한 서양 음악과 같은 목소리였기에 독창을 듣고 있는 느낌이었습니다. 도요타게 고토사는 팽팽히 은줄을 당기는 것 같은 동양적인 여자 기다유 같은 목소리였습니다. 로쇼는 아주 오랜 옛날에 고인이 되었습니다. 실은 바로 2, 3년 전 친구와 함께 오미야(大宮)에 은거하고 있는 고토사를 방문한 적이 있습니다. 왕조의 울타리를 방문하는 것과 같은 흥미였을 겁니다. 하지만 90세의 나이로는 미모의 흔적도 없이 마치 폐허와 같았고, 목소리도 잠겨 있었습니다. 그녀 또한 저희들이 당시의 대학생인가 하고 보는 듯했습니다. 틀림없이 실망했을 것입니다. 그래도 매우 기뻐했으며, 저희들이 방문했을 때 젊은 제자도 가르치고 있었습니다. 귀가 거의 들리지 않게 되었습니다만, 그런대로 지도는 할 수 있다고 말했습니다. 여러 예술담도 들었습니다만, 자신이 다케모토 고토사라는 10대의 어린 아가씨도 만났습니다. 이렇게 되면 이미 비극입니다. 국문학에도 이와 닮은 일면이 있습니다.

당시의 학생이라고 해서 온나기다유에만 몰두해 있던 것은 아닙니다. 남자 예능으로는 역시 라쿠고입니다. 라쿠고는 복고 분위기의 흐름을 탄 것만이 아니라, 근세문학이 가지고 있던 서민적 생활의식이 근대생활에 이어졌다는 사정도 있었습니다. 그렇기 때문에 이케다 야사부로(池田弥三郎)나 데루오카 야스타카(暉峻康隆) 등을 회장으로 지금까지도 라쿠고 연구회가 번영하고 있는 것과 그때 저희들이 온나기다유와 어울려서 라쿠고를 들으며 껄껄 웃고 있었던 것과는 차원이 다른 문제입니다. 즉,

국문학 50년의 한 장면으로 제가 지금 기억하고 있는 라쿠고와 현재의 라쿠고 연구회에 의한 라쿠고의 번영은 별개입니다. 별개가 아니면 안 된다고 생각합니다. 라쿠고 이야기 다음은 자연히 오시바이(お芝居)74)입니다.

친척 중에는 장사로 돈을 상당히 번 사람도 있었고, 친구 중에도 가부키를 좋아하는 사람이 있었습니다. 저와는 비교도 되지 않을 정도의 학비를 송금받고 있었기에, 가끔은 고비키쵸나 신토미쵸(新富町)의 하나미치(花道)75) 바로 옆의 관람석에서 간지로(鴈治郎)가 연기하는 이자에몬(伊左衛門)의 주름투성이 발을 본 적이 있습니다. 백분으로 마구 칠한 추한 모습에 정나미가 떨어지는 경험이 없었던 것은 아닙니다.

<하나미치>76)

---

74) 연극 혹은 연기를 총칭한다.
75) 객석을 종단하듯이 바깥으로 돌출된 복도와 같은 형태다. 어떤 의미에서는 무대의 연장선이다. 이곳에서도 연기가 이루어진다.

그러나 제가 구경하는 곳은 특등석이었습니다. 말이 특등석이지 입석이었습니다. 입구는 어두웠고, 흙투성이의 계단을 손으로 더듬으면서 올라갔습니다. 일 막씩 나누어 요금을 걷었습니다. 그때 요금이 얼마였는지 전혀 생각나지 않습니다만 어차피 제가 다닐 수 있을 정도였으니 10전 이상은 아니었을 것입니다. 말만 그럴듯하게 특정석이지 끝자리의 일반관람석보다 더 뒤에 위치했습니다. 무대보다는 천장이 더 가까웠습니다. 이 층의 정면은 제국극장 이전에는 전단(前丹)·중단(中丹)이라는 가장 값싼 자리였기에 입석에서는 가장 친근한 자리였습니다. 그래도 울타리가 있어서 입석에서 그곳으로는 절대로 내려갈 수 없는 특등석이었습니다. 가장 곤란한 것은 2층에 가려서 하나미치가 거의 보이지 않는다는 것입니다. 그래서 73의 무용극 등은 단념해야만 했습니다. 하지만 그곳에 입석으로 간 손님 중에는 저와 같은 아주 초보자도 있었지만 전문가도 있었습니다. 그들은 보이지도 않았는데 배우가 출입구를 나오는 것을 잘도 눈치 채고는, "다치바나 아냐!" "오반가시라(大番頭)77)!"라고 위세 좋은 목소리고 외쳤습니다. 그 소리에서 우자(羽左)나 마쓰스케(松助)의 모습을 연상하면서 가슴을 설렜던 기억이 있습니다. 덜거덕거리는 나막신 소리가 나지 않게 조심히 발을 옮기며 소리를 지르는 목소리의 주인공 곁으로 다가갔습니다. 그리고

---

76) http://image.search.yahoo.co.jp

77) 경호 연기를 하는 무사 중의 우두머리.

이것저것 가부키에 대해서 질문을 했습니다. 그들은 정말로 정통한 사람들이었습니다. 전혀 손해 본다고 생각하지 않는다고 나 할까, 자랑스러운 듯이 가르쳐 주었습니다. 지금 생각하면 제 선생님은 입석에 있던 그 무리였던 것 같습니다. 그들에게는 진정으로 가부키를 아는 것은 관람석에서 보는 당신들이 아니라 우리들이라는 우월감이 있었던 것 같습니다. 그들의 가부키와 관람석의 오시바이와의 사이에는 확실히 울타리와 같은 것으로 생긴 단절이 있었던 것 같습니다. 그렇다면 어느 쪽이 에도로 이어지는 진짜 가부키 팬이란 말인지, 지금도 잘 모르겠습니다. 이것이 제 가부키 수행입니다.

The Teikokugekijo Theatre near Hibiya Park, Tokyo.　帝國劇場　(所名京東)

<제국극장>[78]

---

78) http://image.search.yahoo.co.jp

신극도 있습니다. 자유극장은 처음부터 봤습니다. 대부분은 잊어버렸습니다만, 자유극장이라는 것은 상당히 재미있는 인상으로 남아 있습니다. 당시의 가부키 배우가 오사나이(小山内)의 권유로 그러한 새로운 시도를 했다는 것이 놀랍습니다. 사단지(左団次)라는 사람은 오사나이에게 교육을 받았습니다만, 굉장히 새로운 사고방식을 가진 사람이었습니다. 그도 물론 오늘날에는 옛날의 사단지이며, 일류 가부키 배우입니다. 단키쿠사(團菊左)라는 말이 있습니다. 사단지는 단키쿠사와 어깨를 나란히 하는 가문인데도, 희생을 하면서까지 창단을 했다는 것은 굉장히 재미있는 일이라고나 할까 일종의 괴이함이라고 느꼈습니다. 가부키에서는 "다카지마야(高島屋)!"라고 불렸던 그 배우가 자유극장에서는 서양극의 주인공을 연기했기 때문입니다. 이것은 양쪽을 보는 일개 학생인 제가 생각의 전환이 안 되었던 것입니다. 아내 역인 쇼쵸(松蔦)만 하더라도 그 당시는 바야흐로 오야마(女形)[79]시대였기에 여배우로의 전환기였습니다. 용케도 그렇게 자연스럽게 오야마를 자유극장에 접목시켰다고 생각했습니다. 그것은 당시 제국극장에서 양성한 모리 리츠코(森律子) 등과 같은 여배우가 그다지 잘하지 못한 탓도 있었습니다. 어쨌든 그러한 과도기였기 때문에 쇼쵸 같은 사람이 나왔다고 한다면 그뿐입니다. 하지만 가부키 세계에서 성장한 사람이 사단지에 소속되어 오사나이에게 지도를 받고 서구 연극을 계속

79) 가부키에서 여자 역할을 하는 남자.

해서 시도했다는 것은 대단한 일입니다. 지금 생각해 보면 다음 단계의 쓰키지(築地) 소극장 등을 높이 평가해야만 할지도 모릅니다. 이쪽이 진짜였다고 생각합니다. 하지만 그 다카지마야와 같은 프로 가부키 배우가 새롭고 자유로운 극장을 건설한다는 것이 제 학생 때의 감상을 돌이켜보면 놀랍기도 하고 의미 있는 일이라고 생각했습니다. 이상하게 들릴 수도 있지만 국문학의 세계에서는 그러한 각성은 없었던 것 같습니다. 경우가 다르다고 한다면 그뿐이지만 말입니다.

원래의 이야기로 돌아가겠습니다. 국문학과 선생님은 가운데 국어학 전공으로는 우에다 선생님을 필두로 호시나 고이치(保科孝一)가 있습니다. 니무라 이즈루(新村出)는 1907년에 교토로 간 후 도쿄제대에는 다시 오지 않았습니다. 국문학에서는 주임 교수인 하가 선생님 외에 후지오카 선생님, 세키네 선생님이 있었습니다. 그리고 사사키 세이치(佐々木政一) 선생님이 있었지만 이분도 1909년까지입니다. 저와는 그 시기가 엇갈렸습니다. 모임 등에서는 자주 뵈었습니다만 말입니다.

세키네 선생님에게 '에도문학의 연습(演習)'[80]이라는 과목을 배웠습니다. 순수한 에도 토박이입니다. 야조(弥蔵)[81]라는 것은 이렇게 하는 것이라면서 일본 전통옷(和服)에 손을 넣어서 직접 보여 주기도 했습니다. 매우 재미있는 강의였습니다. 그리고 사

---

80) 소인수로 진행되는 세미나를 말한다.
81) 양손을 품속에 넣어 주먹을 불끈 쥐고 어깨를 치켜올린 모습.

사키 노부쓰나 선생님의 '와가사·가학사(和歌史·歌学史)'를 청강했습니다. 주로 『만엽집』을 다루었습니다. 이세 지방의 두루뭉술한 가미가타 사투리가 세키네 선생님의 혀를 마는 어투와 매우 대조적이었습니다. 가이토 마쓰죠(垣内松三) 선생님은 후지오카(藤岡) 선생님이 돌아가신 후에 부임했습니다.

그때는 대학과 같은 기관이 적었고, 제국대학이라고 하면 교토와 도쿄에만 있었습니다. 대학에서 강의를 한다는 것은 굉장한 영예였습니다. 후지오카 선생님의 후임자로는 후보자들이 많았습니다. 이에 대해서는 하가 선생님에게 직접 들은 적이 있습니다. 하가 선생님다운 선발 방법에 당시 저는 감탄했습니다. 선생님은 "너무 많아서 추천자는 전부 제외했네. 그러니까 적임자라고 하더라도 추천받은 사람은 후보자에 들어가지 않는 거지"라고 말했습니다. 그리고 하가 선생님의 생각으로는 후지오카의 후임이니까 후지오카가 높이 평가한 사람을 넣어야 한다는 것이었습니다. 그 두 가지 기준을 통해 들어온 사람이 후지무라 쓰쿠루(藤村作) 선생님이었습니다. 왜냐하면 그 선생님은 어느 누구도 추천하지 않았습니다. 이유는 당시 히로시마 고등사범학교[82]의 교수를 하고 있었기 때문입니다. 우에다 선생님이나 하가 선생님의 입장에서는 아무래도 후지오카 선생님의 후임자로 후지무라 선생님 혼자로는 안심할 수 없었나 봅니다. 그 불

---

82) 고등사범학교는 사범학교, 중학교, 고등여학교의 남자 교원을 양성하던 구제 관립학교이다.

안 때문에 가이토(垣内) 선생님도 채용했다는 소문이 있었습니다. 그렇다고는 하지만 가이토 선생님은 유직고실(有職故実)[83] 전문가였습니다. 그때 강의는 오로지 고전뿐이었는데도 학생들은 그 방면에 약했기 때문에 가이토 선생님이 초빙됐습니다. 이것은 제가 우에다 선생님에게 들은 이야기입니다.

그런데 가이토 선생님의 강의는 이러한 두 선생님의 기대와는 상당히 달랐습니다. 우에다 선생님이나 하가 선생님이 생각한 것과는 전혀 다른 내용을 강의했습니다. 실제로 저는 3년 가까이 선생님의 강의를 들었습니다만, 일본의 고전을 읽기 위한 지식으로 유직고실을 접할 기회는 거의 없었습니다. 그 대신에 서구의 여러 문헌학자의 방법론으로 유직고실의 존재의미를 이해할 수 있었습니다. 선생님은 특히 엘제를 좋아했습니다. 하지만 선생님은 얼마 안 있어 고등사범학교로 가게 됐습니다. 그곳에서 국어교육 발전에 커다란 업적을 세웠다는 것은 잘 알려진 사실입니다. 하지만 가이토 선생님의 시사적인 강의나 학문은 영역에서 벗어난 것도 있고, 너무나도 시사적이었기에 제게는 직접 큰 도움을 주지는 못했습니다. 다만 대학을 떠나시는 선생님의 모습을 제 나름대로 설명한다면, 아카데미즘에서 도피하는 한 젊은이를 느꼈습니다. 이것은 나중의 이야기입니다만, 제가 1924년 가을에 유럽으로 가기 전에 작별인사를 하러 선생님

---

[83] 조정(朝廷)과 공가(公家) 및 무가(武家)의 행사, 법령, 제도, 풍속, 풍습, 관직, 의식, 옷차림 등을 가리킨다. 혹은 그러한 것들을 연구하는 것을 말한다.

을 방문했을 때였습니다. 선생님이 딜타이를 공부하고 오라고 말했던 것이 생각납니다. 그해 봄, 선생님의 고향 다카야마(高山)에 선생님의 기념비가 세워져 그 제막식에 참석한 김에 다카야마를 구경하면서 곰곰이 생각했습니다. 예로부터 작은 교토라고 불리던 다카야마 지역의 문화가 노리쿠라(乗鞍),[84] 시로야마(白山)[85]의 엄격한 개척정신과 더불어 다른 한편에서는 히다(飛騨)[86]의 아름다운 예술정신에 의해 길러졌다는 점입니다. 여기에는 가이토 선생님의 아카데믹과는 전혀 이질의 정신이 있었습니다. 그때도 저는 나름대로 감격을 느꼈습니다. 후지무라 선생님에 대해서는 나중에 말하겠습니다.

그렇다면 당시의 국학은 어떠했을까요? 앞서 말한 것처럼 국문학도 미분화된 상태에서 점점 형태를 가다듬어 왔습니다. 분명한 것은 후지오카 선생님 등도 국문학 이전의 국학에 대해서는 여러모로 생각하고 있었던 모양입니다. 그러한 후지오카 선생님의 국문학에 끌려서 제가 도쿄제대에 갔던 것입니다. 게다가 일반적 상황으로는 아직 국학이 지배적이라고 할까, 오히려 국학이 국학 그대로의 모습에서 근대적인 단장을 하여 국문학

---

84) 노리쿠라다케(乗鞍岳)를 줄여서 노리쿠라라고 한다. 히다산맥(飛騨山脈)(북알프스) 남부의 나가노현(長野県) 마쓰모토시(松本市)와 기후현 다카야마시(高山市)에 걸쳐 진 3,026m의 겐카미네(剣ヶ峰)를 최고봉으로 하는 산들의 총칭이다.

85) 호쿠리쿠(北陸) 지방 하쿠산(白山) 국립공원 내에 위치한 이시카와현(石川県) 하쿠산시(白山市)와 기후현 오노군(大野郡) 하쿠산 마을로 이어지는 2,702m의 산이다.

86) 기후현 북단에 위치한 시다. 2004년에 후루카와쵸(古川町), 가와이무라(河合村), 미야카와무라(宮川村), 가미오카쵸(神岡町)가 합병하여 성립됐다.

이라고 불리게 됐다는 견해도 불가능한 것은 아닙니다. 하지만 이 질문에 답하는 것은 굉장히 어려운 문제입니다. 그 이유는 후지오카 선생님의 강의를 적어도 2년 정도는 듣고 나서야 가능합니다. 그리고 예를 들어 하가 선생님의 학문과 비교해 보지 않고서는 말할 수 없기 때문입니다.

하가 선생님이 도쿄제대에서 이룬 건설적인 업적은 대단한 것이었습니다. 대단했던 것만큼 그 업적에는 독일적인 아카데미즘의 득실양면이 섞여 있었던 것 같습니다. 하가 선생님은 원래 신관(神官) 출신으로 어렸을 때부터 국학을 제대로 몸에 익힌 그 시대의 대표적인 수재였습니다. 학교는 줄곧 수석으로 통과한 사람이었습니다. 그냥 그대로 공부했다면 고나카무라 키요노리(小中淸矩)나 제 아버지가 배웠던 선생님들과 같은 타입의 학자가 되지 않았을까 생각합니다. 그런데 독일에 가서 보니 독일 필로로지(philologie)라는, 즉 국학과 상당히 비슷한 성격에다가 학문적 위용도 가지고 있던 것이 선생님을 기다리고 있었습니다. 필로로지는 문헌학 등으로 번역하기도 합니다. 하지만 좀 더 독일 그 자체, 독일인 그대로의 근본정신으로 생각해 볼 수 있습니다. 그것을 필로로기슈로 규명하는 것이기에 이것은 그 목적 면에서 모토오리 노리나가가 순수한 야마토(大和) 정신을 규명하고자 한 것과 같다고 볼 수 있습니다. 그래서 하가 선생님은 이것이 참된 학문이라고 생각하셨던 것 같습니다. 자신은 그렇게 생각했다고 제게 말한 적은 없지만, 강의를 들어보면 그렇게 말하는 거나 마찬가지였습니다. 독일 학문을 그 정도로 국문학에 이입한 것은 아마 누구도 할 수 없는 대단한 일이라고 생각합니다. 하지만 그 강의를 듣는 학생의 처지에서 본다면, 즉 독일어를 모르는 학생에서 본다면 국학의 입장에서 받아들일 겁니다. 그렇게 되면 선생님도 후퇴했다든가 향수 같은 것이 들어서 새로운 새싹과 같은 것이 선생님의 머릿속에 생겼다고 하는 것도 생각해 볼 수 있지 않을까요?

　다음 이야기는 하가 선생님에게서 들은 것입니다. 쇼와(昭和) 천황이 아직 황태자였을 때 선생님이 교육 담당관으로 진강(進講)[87]했을 때의 일이라고 합니다. 천황은 어떻게 존재해야 하는가 하는, 즉 천황학을 강의했다고 합니다. 그래서『고사기(古事記)』[88]를 강론하더라도, 천황의 입장에서『고사기』는 어떻게 존재해야 하는가, 그러한 입장에서 선생님 스스로는 생각했을 것입니다. 그러므로『고사기』는 천황의 입장에서 바라보는 하나의 학문이었습니다. 물론 선생님은 저희들에게도 똑같이 설명할 의도는 아니었다고 생각합니다만, 궁중에 출입하면서 그러한 태도로 천황 앞에 나아가 강론을 하다 보니 자연히 그런 학문적 태도가 몸에 배게 된 것 같습니다. 제 나름대로 정리해 보면 존경하는 하가 선생님의 입장으로는 당연한 것이라고 생각

---

87) 천황이나 신분이 높은 사람 앞에서 학문을 강의하는 것을 말한다.

88) 몇몇 번역서가 있다. 예를 들면 권오엽과 권정이 번역한『고사기』(고즈윈, 2007)가 있다. 두 사람은 아버지와 딸이다.

합니다. 하지만 선생님 같은 태도가 국문학의 지배적 성격이 되는 것은 역시 문제입니다. 이와 같은 것은 황실과 무관한 관계했던 후지오카 선생님에게는 없었습니다.

제4장

아카데미즘 속으로(2)

이야기를 바꿔서 이쯤에서 여기저기에 원고를 내던 때, 곧 투고 시절에 대해서 한마디 하겠습니다. 대체로 투고 시절이라는 것은 누구에게도 있을 것입니다. 다만 저는 고등학교 때 이미 학자가 되겠다고 결심했습니다. 영문학을 해봐야 안 된다는 것을 알 정도로 작가로서의 천성에 대해서도 안 된다는 것을 알게 되었기 때문에 투고에 열중하지는 않았습니다. 하지만 미련이 있었기에 가끔은 잡지 등에 글을 보낸 적은 있습니다. 지금 기억나는 것은 가인인 가네코 군엔(金子薰園)이 심사자로 있는 『만조보(万朝報)』에 냈던 것입니다. 교토의 시모가모(下鴨)에 있던 시기이기에 중학교 5학년 혹은 고등학생 때였던 것 같습니다. 50전의 상금이 등기로 도착했던 것이 아마도 그때였을 겁니다. 그로부터 단편소설로 선외(選外) 가작에 뽑혔던 적이 한 번 있었습니다. 입상하면 5엔이라는 당시로는 어마어마한 돈을 받았습니다. 그 후 두세 번 투고했지만 그때 이후로는 가작에도 뽑히지 못했습니다. 또 한 번은 대학에 들어갔을 때 한다 료헤이(半田良平)라는 가인이 있었습니다. 나중에 예술원상인지 뭔지를 받았던 사람으로 『국민문학』을 주재(主宰)했습니다. 그 한다 료헤이와 둘이서 『제국문학(帝國文學)』의 와카란(和歌欄)

의 상하 2단을 나눠서 나갔습니다. 그런 이유로 한다 료헤이를 기억하고 있습니다. 그도 전쟁 말기에 작고했습니다.

가와지 료코마저도 만년은 시(詩)로는 생활이 어려워져서 미술평론 등을 썼습니다. 저는 국문학에 전념했던 덕분에 지금도 이렇게 원고로 밥벌이를 할 수 있습니다. 최근에는 창작에 어느 정도 관심을 가지면서 학문을 하는 학생이 꽤 적어진 것 같습니다. 아직 당시에는 창작과 학문이 그만큼 미분화되어 있었다고 말한다면 그뿐입니다. 하지만 국문학이라는 학문이 이렇게 창작의 재능과 별개의 것이 되어도 좋은가라는 문제의식이 적어도 제게는 남아 있습니다. 여기에는 제 나름의 속사정이 있습니다. 언제나 그랬듯이 국문학을 하는 여러 선생님들에게 혼날 것 같은 말입니다. 왜냐하면 국문학을 하는 학생이 국문학으로 생활하기 위해서 가장 안정된 길은 '주석'을 하는 것이기 때문입니다. 물론 주석에도 최고에서 최하까지의 레벨이 있습니다만, 어쨌든 주석을 하면 밥은 먹고 살 수 있습니다. 교단에서 주석을 하면 선생님도 될 수 있고, 입시의 참고서도 저술할 수 있습니다. 하지만 주석은 사실 창작에는 적과 같은 존재입니다. 10년 동안 주석으로 생활하다 보면 창조 재능 따위는 어디론가 사라져 버립니다. 물론 주석이 없는 곳에 국문학은 없다고도 말할 수 있겠습니다만, 국문학이라는 학문에서 창조 능력을 배척한 것도 주석이기 때문입니다.

역시 후지오카 사쿠타로 선생님과 같은 국문학자를 떠올려야겠습니다. 문전의 심사위원이 된다는 것은 뭔가를 만드는 것은 아니지만, 그 일에는 일종의 창작적 비판력을 필요로 합니다. 후지오카 선생님이 학생 시절 가나자와(金沢)에 있었을 때의 일입니다. 제4고등학교 재학 때인지 언제인지, 소설을 지방 신문에 연재했다고 합니다. 그러한 작가적 능력을 죽이지 않고 국문학을 발휘할 수 있었던 것이 후지오카 선생님이었습니다.

주석에 대해서는 미움을 살 만한 말을 했습니다만, 세간에서는 국문학 그 자체의 성립에 대해서 비문학적 내지는 비예술적이라고 극단적으로 말하는 사람도 있습니다. 국문학이라는 학문의 성립에 국학을 두고, 그 국학이 본래 가지고 있는 비문학성을 강조한 것입니다. 그러한 입장에도 일리가 있을 수 있습니다. 이 점에서는 그 시기 도쿄제대의 아카데미즘이 가장 큰 책임을 져야 한다고 생각합니다. 아카데미즘이라고 하는 말이 영어에 있는지 어떤지는 모르겠습니다. 하지만 그런 말로 표현하고 싶은 학문의 권력이라고 할까, 도쿄제대를 특별히 권위 있는 것처럼 보이게 하는 것이 당시의 학생들을 위압했던 것은 사실입니다. 이것은 저와 같이 얼치기 국문학자의 말버릇일지도 모르겠습니다. 국문학이라는 학문을 지탱하는 사람에게는 논리적 주장을 일관되게 하는 로고스 외에도 한편으로 소설 한 편 정도는 쓸 수 있는 작가의 가능성이 살아 있길 바랍니다. 그것이 적어도 국문학 입장에서 볼 때 젊은 세대에게 바라는 조건이라고 생각합니다.

졸업 논문으로 『헤이케이야기(平家物語)』[89]를 하기로 했습니다. 그 동기가 무엇이었냐고 물어봅니다만, 여러 가지가 있습니다. 대체 일본문학은 아무래도 서구문학의 다채로움에 비해서 왠지 빈곤하게 보였습니다. 물론 지금은 학생 때처럼 생각하지는 않습니다만, 여하튼 문학은 자유롭게 말할 수 있는 것이어야 하는데 일본문학은 그렇지 못하다는 생각이 들었습니다. 그래서 서구적인 것에 대한 빛나는 향수가 있었습니다. 고교 때 그것을 하려고 하다가 추방당했기 때문에 생긴 향수일 수 있습니다. 그래서 국문학과 저의 앞길이 숙명적으로 정해진다고 하더라도, 그 안에서 적어도 그러한 다채로운 것에 대한 미련 같은 것이 그 어딘가에 있어도 좋지 않을까 하는 생각이 그 시작이었습니다.

그 외에도 여러 가지 있습니다만, 『태양(太陽)』이나 『제국문학』 등의 잡지에서 이쿠타 쇼코(生田長江), 아네사키 마사하루(生田長江) 박사 등이 서사시에 대해서 열렬히 논한 적이 있었습니다. 아네사키 마사하루는 마하바라다,[90] 라마야나,[91] 호머 등을 예찬하면서, 일본에 왜 그런 서사시가 없는가에 관한 일반 서사시론을 다루었습니다. 아네사키 마사하루는 그런 점에서

---

89) 헤이케의 영화와 몰락을 그린 전쟁이야기다. 가마쿠라(鎌倉) 시대에 성립됐다고 전해진다. 번역서로는 오찬욱이 우리말로 옮긴 『헤이케이야기』(문학과지성사, 2006)가 있다.

90) 세계 최대의 인도 서사시.

91) 인도의 아름다운 영웅시.

『헤이케이야기』가 서사시라고 말하기도 했습니다. 여기에 미문조(美文調)로 유명한 다카야마 쇼규(高山樗牛)의 평론이 끼어들기도 하였습니다. 말하자면 시대가 그러한 시대로 서정시보다도 서사시가 일본문학 안에서 뭔가 새로운 것을 찾기에 적합한 것이었습니다.

한편 『고사기』, 『만엽집』,92) 『고금화가집』, 『겐지이야기』 등의 강의를 듣고 있으면 고주(古注), 신주(新注)라는 주석뿐이었습니다. 고백하자면 그런 주석의 정글 속에서 참된 고전을 찾는 것에는 자신이 없었습니다. 이쪽에 비해 그 시기 『헤이케이야기』의 주석 등은 오래된 것은 간단한 초록과 고증 정도로 메이지 이후에는 이마이즈미 사다스케(今泉定介)와 우쓰미 게쓰죠(內海月杖) 정도였기 때문에 대충 훑어보는 것은 어렵지 않습니다. 실제는 그렇지 않았지만 주석에 방해받지 않고 푸른 하늘 아래에서 『헤이케이야기』를 고찰하고 싶다는 그야말로 방탕무뢰한 기분이었습니다. 『헤이케이야기』라면 틀림없이 전후좌우 둘러보지 않아도 됐습니다. 크게는 그리스의 『원슬로 호머』와 비교해 보거나, 일본에서는 『태평기(太平記)』93)와 비교해 보거나 했습니다. 그러한 것을 하고 있으면 그런대로 뭔가가 되겠다고 생각했습니다.

---

92) 아직 완역은 없다. 이연숙이 완역을 목표로 『한국어역 만엽집』(박이정, 2012)을 연이어 출간하고 있다.

93) 고전문학작품의 하나로 역사문학으로 분류된다. 전 40권으로 역사문학 중에서 가장 긴 작품으로 꼽힌다.

외국의 서사시론 등도 물론 참고했습니다. 이와 관련하여 잊을 수 없는 은인이 있습니다. 당시 영문학 연구실 조수(助手)[94]는 지바 쓰토무(千葉勉)였습니다. 어학 전공자로 영어의 달인이었습니다. 지금도 그렇습니다만 그 시기의 국어연구실 등에 외국의 서사시론이 있을 리가 없었습니다. 느닷없이 영문학 연구실로 가서 뭔가 참고가 될 만한 것은 없는지 물어보았습니다. 그때 저를 맞아 준 사람이 바로 지바 쓰토무였습니다. 제 논문 계획을 들은 다음에 그가 보여 준 것이 커(W.P.Ker)라고 하는 학자의 『에픽 앤드 로망스(Epic and Romance)』였습니다. 그런데 영문학 연구실은 사실 폐쇄적이어서 국문학과 학생이 들어가는 것은 엄청 힘든 일이었습니다. 물론 관외 대출도 할 수 없었습니다. 그곳에 들어가기 위해서는 테스트와 같은 것이 있었을 것입니다. 지바 쓰토무는 제 상황을 눈치 채고 자신의 이름으로 책을 빌려놓을 테니 언제라도 읽으라고 말하면서 바로 빌려 주셨습니다. 굉장히 어려웠습니다만 읽을 가치가 있는 책이었습니다.

저자는 박학한 사람이었습니다. 아이슬란드의 서사시 형식으로 사가(saga)[95] 등을 아주 많이 구사하고 있었습니다. 에픽과 로맨스의 본질, 즉 에픽은 로맨스가 아니라 오히려 로맨스와 대

---

94) 제국대학은 강좌(講座) 단위로 운영되었다. 강좌는 교수, 조교수, 조수로 구성됐다. 우리나라에 있는 조교와는 그 성격이 다르다.

95) 중세 아일랜드에서 성립한 고대 노르드어로 작성된 산문 작품들을 통틀어서 이른다.

척점이라고 논하고 있었습니다. 그 무렵 북유럽의 문학 등을 전혀 몰랐습니다만, 저자는 독자가 이미 모두 알고 있다는 듯이 갑자기 논했기 때문에 따라가기가 힘들었습니다. 영문학 연구실에 있던 영국, 독일, 프랑스의 각각의 문학사로는 도움이 되지 않았습니다. 브리태니커 백과사전 등과 씨름을 해야 했습니다. 물론 모르고 넘어간 부분도 있었습니다만, 덕분에 미지의 세계를 알게 됐다고나 할까요, 어렴풋이 알게 된 것이 재미있었습니다. 이렇게 읽는 것이 아카데미즘에는 좀 어긋나는 길이었습니다만, 이 사도자(邪道者) 곧 제가 이렇게나 감동받을 수 있었던 것은 역시 저자가 대단했기 때문입니다. 이렇게 말하는 것은 궤변일까요? 어쨌든 그는 일생 독신으로 살았던 등산가로 아마도 죽을 때도 알프스 산 오두막집 같은 곳에서 죽었을 것입니다. 제가 그럭저럭 서사시라는 것에 눈을 뜰 수 있게 해 준 것은 아네사키 박사와 이쿠타 쇼코 등의 논문이 아닙니다. 이 한 권의 책이었습니다. 그리고 그 인연을 만들어 준 것은 어떤 소개도 없이 갑작스레 영문학 연구실에 들이닥친 제게 이 책의 존재를 알려주었을 뿐만 아니라, 책도 빌려준 지바 쓰토무 선생님입니다. 지바 선생님은 당시 소설까지 쓰고 비판받기도 한 분이었지만 역시 고마운 선생님이었다고 지금도 생각합니다. 졸업논문은 『서사시의 관점에서 본 헤이케이야기』라는 제목의 허술하기 짝이 없는 것이었습니다. 그래도 나중에 대학에서 강의할 때 서사시론의 소재가 됐습니다.

앞에서도 언급했듯이 어학시험을 빨리 통과해서 여유가 있었기 때문에 다른 학과의 강의도 이것저것 몰래 수강하였습니다.[96] 프랑스어는 별로였습니다만, 이탈리아어는 듣고 싶었습니다. 이제는 웃으면서 말할 수 있습니다만, 로세티 시대의 라파엘 전파(前派) 등에 도취해서 결국 단테까지 거슬러 올라가서 『신생(新生)』이나 『신곡(神曲)』을 접해보고 싶어졌습니다. 한동안은 아와타(粟田)라는 선생님의 입문 강의를 들었습니다. 물론 오래 지속하지는 못했습니다. 공학부로 가서 세키노 다다시(関野貞) 박사의 건축사도 조금 배웠습니다. 이것은 그럭저럭 재미있었습니다.

세키노 다다시 박사는 한국 경주에 있는 석굴암을 재건한 사람입니다. 석굴암을 그렇게 재건한 것이 좋은 것인지 나쁜 것인지 모르겠습니다. 이전은 석굴암의 내부가 어두워서 본존의 석불이 어둠 속에서 동쪽을 향해 있었다고 합니다. 희미하게 새벽이 밝아 아침 해가 동해의 영일만에서 떠오르면, 석불의 하얀 터럭에 박혀 있는 수정을 비추며 빛을 발합니다. 그러한 시각이 석불을 감상하는 최고

<세키노 다다시>[97]

96) 80년대 한국 대학에서도 많이 보였던 풍경이다. 당시 도강(盜講)이라 불렸다.
97) https://ja.wikipedia.org

의 조건이라고 합니다. 그런데 세키노 박사는 그러한 신비를 제거하고, 좀 더 분명히 알 수 있도록 입구를 크게 하여 밝게 만들었습니다. 공학부에서 매년 연속으로 열린 그 선생님의 일본 건축사 수업을 2년 가까이나 들었습니다. 그것이 훗날 10여 년을 보낸 조선 생활에 큰 쓸모가 됐습니다. 그리고 철학에서는 그다지 감명받은 선생님이 없었습니다. 예컨대 이노우에 테쓰지로(井上哲次郞)가 있습니다. 그의 애칭을 딴 '이노테쓰(井哲)'의 철학 개론 등은 일본의 대표적인 철학자 강의라는 평판에도 불구하고 지루했습니다. 염가(廉價) 철학이었습니다. 오카쿠라 덴신(岡倉天心)의 일본 미술사도 조금 들었습니다. 다이칸(大觀)98)의 초상화에 있을 듯한 이상한 일본 전통옷을 입고 여러 실물을 보여줘서 재미는 있었지만, 강의 그 자체는 너무나도 직감적이고 영탄뿐이어서 설득력이 없었습니다.

그럼 지금부터 당시의 연구실로 안내하겠습니다. 제가 들어갔을 때는 국어연구실밖에 없었습니다. 국문연구실은 졸업한 이후에 신설됐습니다. 지금은 거의 상상도 할 수 없겠지만 그 국어연구실 가운데에 큰 테이블이 있었습니다. 거기에는 호감을 가질 수 있었지만, 문학과는 관계없어 보이는 노인이 조용히 필사본의 영사(影寫)를 하고 있었습니다. 조수는 하시모토 신키치(橋本進吉)였는데 그 당시부터 학생들의 존경을 받았습니다. 국어학의 전형으로 신뢰를 받고 있었던 선생님이었습니다. 하

---

98) 『도쿄제국대학 학술대관(大觀)』을 가리킨다. 자세한 것은 후술.

<홋카이도대학 국문과 연구실 테이블>[100]

시모토 선생님이 언제나 같은 자세로 연구와 업무를 처리하고 있었고, 그 곁에 부수(副手)[99]인 사카에다 다케이(栄田猛猪)가 선의(善意)로 여러 가지 잡무 보조를 했습니다. 그렇기 때문에 학생들이 그곳에서 오늘날의 세미나와 같은 것을 기획할 일도 없었을 것이고, 학생들 서로가 연구실에서 서로 접촉할 기회는 거의 없었습니다.

이러한 와중에도 한 가지 감사했던 것은 앞에서도 말한 것처럼 우에다 선생님이 국문과 신입생만을 자택에 불러 준 일입니다. 선생님의 의도가 무엇이었는지는 모르겠습니다만, 결론부터

---

99) 조수 밑에서 연구실의 일과 연구 보조 역할을 하는 사람.

100) 구 제국대학이었던 홋카이도대학 국문과 연구실에 있는 테이블 사진이다. 아마도 당시 이와 같은 테이블이었다고 추정된다. (사진 역자 제공)

말하자면 일종의 세미나 같은 것으로 먼저 과제를 정하고 다음에 모일 때는 조사해 온 것을 서로 이야기하는 방식이었습니다. 하지만 선생님이란 분이 가장 무서운 우에다 선생님이었다는 것과 선생님 앞에서 이야기한다는 것, 이 두 가지 이유로 모두 서로서로에게 이야기한다기보다는 자연히 선생님께 보고하는 형태가 됐습니다. 지금 생각해도 유감스러운 일이었습니다. 다만 이 세미나로 저희들 동기생 사이에서 일종의 동시대적인 접촉이 생겼던 것은 감사하게 생각합니다. 그 모임은 우에다 선생님이 학부장을 맡으면서 자연스럽게 중지됐습니다. 선생님이 바빠졌기 때문입니다.

동기생 중에는 줄곧 상대(上代)를 공부하고 졸업 후에는 『교본만엽집(校本萬葉集)』의 멤버가 된 센다 켄(千田憲)이 있었습니다. 나중에 우에다 선생님이 신궁황학관(神宮皇學館)[101] 관장이 됐을 때 그곳의 교수가 되었고, 전후(戰後)에는 신궁황학관과 운명을 함께했습니다. 하지만 이후 고우각칸(皇学館)대학의 재건으로 부활했습니다. 그러고 보니 오야부 고료(大藪虎亮)도 고노스 모리히로(鴻巣盛広)의 후임으로 제4고등학교에 자리잡았습니다. 나중에 히로시마 고교로 옮겼습니다. 원폭 이후 가까스로 목숨을 건진 것 같았는데 결국 죽고 말았습니다. 가쿠슈인(学習院)에서 온 이마조노 쿠니사다(今園国貞)도 우수한 사

---

101) 미에현(三重県) 이세시에 있던 신관(神官) 양성학교다. 1882년 이세신궁(伊勢神宮)의 관련학교로 설립됐다.

람으로 귀족원 의원 및 오우타도코로(御歌所)102)에서 기인(寄人)103)으로 활약하면서 우리들 평민과도 대등하게 지냈습니다. 전쟁으로 집이 불타고, 아내도 죽고, 본인도 죽었습니다. 애석했습니다.

기노시타 리겐(木下利玄)은 한 살 위였습니다. 이와부치 효시치로(岩淵兵七郎)가 낸『벽도집(碧桃集)』이라는 가집에 기노시타 리겐을 닮은 사진이 실려 있어서 반가운 생각이 들었습니다. 기노시타는 가쿠슈인에서 온 귀족이었습니다. 저희를 산시로와 같은 촌놈처럼 바라보는 구석이 있었습니다. 하지만 생각과 달리 함께 이야기 나눌 수 있는 사람이었습니다. 그리고 가인인 히라가 슌코(平賀春郊)가 있었습니다. 히라가 슌코는 법학과에서 국문과로 전과한 사람으로 국문과 학생과는 그다지 친분이 없었습니다만, 저와는 친하게 지냈습니다. 히라가 슌코는 와카야마 보쿠스이(若山牧水)와 고향이 같았습니다. 보쿠스이의 전집이나 전(伝)을 보면 '사이(財)야'라는 이름이 자주 나옵니다. 히라가 슌코의 본명이 히라가 사이죠(財蔵)였습니다. 저도 언젠가 보쿠스이 전집의 광고물을 본 적이 있는데, 그 유명한 '백옥 같은 이빨에 깊이 스며드는'이라는 노래의 주인공은 아무래도 보쿠스이 자신이 아니라 보쿠스이가 슌코를 그린 것

---

102) 궁내성(宮内省)의 외국(外局)으로 1888년에 설치되었다가 1947년에 폐지되었다. 주로 천황과 황후 등 황족이 지은 노래에 관련된 사무를 맡아서 하는 곳이다.
103) 오우타도코로의 직원을 가리킨다.

임에 분명합니다. 슌코의 주연(酒宴)은 그 노래와 꼭 닮아서 실로 조용하고 차분했었기 때문입니다.

동기생 중에서 좀 독특한 사람으로 러시아 출신의 일본학자인 엘리세프가 있었습니다. 그 당시에는 일본문화를 공부하러 오는 외국인은 특별히 치외법권적 우대를 했지만, 엘리세프만은 정식으로 수속을 밟고 입학했습니다. 아마도 전무후무할 것입니다. 적어도 이전에는 없었습니다. 그에 대해서는 신문에 글을 실은 적도 있고, 다이쇼 말기에 학술잡지『국어와 국문학』에「그 후의 엘리세프」라는 주제로 글을 쓴 적도 있습니다. 바로 그 시기 저는 파리에서 엘리세프와 자주 왕래하고 있었습니다. 그는 대학을 졸업한 후 프랑스로 망명했고, 여러 일본소설을 프랑스어로 번역했습니다. 나쓰메 소세키(夏目漱石)[104] 외에, 그 시대의 작품으로 20편 정도를 번역했습니다. 게다가『하이카이(俳諧)』라는 잡지도 프랑스에서 출간했습니다. 그 후 미국으로 건너갔고, 하버드대학의 오리엔탈룸(oriental room)의 주임을 맡았습니다. 전 주일대사 라이샤워의 전임자였습니다. 감색의 가스리(かすり) 무늬[105]에 고쿠라의 하카마(袴)를 입은 모습은 저희들과 같이 가난한 학생보다도 더 일본 전통옷을 세련되게 잘 입었던 것으로 기억합니다. 당시 국사를 전공했던 오와리번(尾張藩)의 영주이면서 후작(侯爵)이었던 도쿠가와 요시치카

---

104) 현암사에서 나쓰메 소세키 전집을 간행했다.
105) 천을 짜는 기법의 하나다.

<가스리 무늬의 하나>106)   <하카마>107)

(德川義親)와 문과의 복도에서 서서 이야기하고 있던 모습은 반할 정도로 멋있었습니다.

교육에 대해서 이야기하는 김에, 그 이후의 가와지 류코의 일도 함께 말하고 싶습니다. 가와지 류코 본인은 그림을 그리려고 했던 것 같습니다. 화가가 될 생각으로 교토의 미술학교에서 도쿄의 우에노(上野)에 있는 미술학교로 진학했습니다. 하지만 그림으로는 그렇게 인정받지 못했습니다. 시로 유명해졌습니다. 결국 시인이 되고 말았습니다. 제가 『만조보』에 투고한 것을 보고 다카기 스이세키(高木醉石)라는 사람은 바로 당신이 아니냐며 연락을 보내 온 것도 가와지 류코였습니다. 하지만 시나 와카와 같은 작품 활동을 전적으로 하지는 않았던 것 같습니다만,

---

106) http://image.search.yahoo.co.jp

107) http://image.search.yahoo.co.jp

뭔가를 지으면 자주 보내줬습니다. 시의 역사에서 유명한 최초의 구어시도 제게 바로 편지로 보내줬습니다. 보내준 시가 전체적으로 명성조(明星調)인 것은 그것이 바로 신시사(新詩社)의 전성기 때 작품이었기 때문입니다. 그래도 그림에 관해서는 완전히 본업인 듯했습니다. 당시 저도 형편없는 수채화 등을 그리고 있었습니다. 때때로 제가 엽서 뒷면 등에 그림을 그려서 보내면 비판도 하고 칭찬도 하면서 가르쳐 주었습니다. 언젠가 우에노에서 졸업 작품 전람회를 하니까 꼭 보러 오라고 해서 간 적이 있습니다. 가와지의 안내로 그의 졸업 작품을 본 기억이 납니다. 아마도 칠면조였던 것 같습니다만 지금도 그 이미지는 남아 있습니다. 역시 전문가가 되었다고 감탄했습니다. 화가로서 뜻을 이루지 못한 것은 아닙니다. 하지만 도쿄제대 교수들에게는 역시 파벌이 있고, 특히 교토제대와는 대립관계에 있었습니다. 그래서 가와지는 여러 가지 사정으로 생각만큼 성장하지 못했을지도 모르겠습니다. 물론 추측에 불과합니다. 역시 시가 그의 본업이었다고 생각합니다.

어느새 대학을 졸업할 때가 됐습니다. 앞서 말했던 센다 겐이 제게 "자네는 졸업식 날 아침 일부러 목욕탕에 들어가 목욕재계 했군" 하고 말했습니다. 그 당시 혼고의 니시카타마치(西片町)에 있던 대중목욕탕에서는 아침 목욕이 가능했습니다. 아침 목욕을 좋아해서 자주 갔습니다. 그날 아침도 그래서 갔는지 아니면 목욕재계하러 갔는지 기억이 나지 않습니다. 센다 겐이 그렇게 말한 것을 보니 간 것은 사실일 것입니다. 어쨌든 저는 알몸에, 동복을 한 벌, 말 그대로 한 벌만 입고 졸업식장으로 갔습니다. 여름에는 맨몸에 가스리 문양이 있는 오쿠라의 하카마 차림으로 강의실에 갔습니다. 깃을 세운 양복보다는 그 편이 더 시원했기 때문에 그런 양복은 필요하지 않았습니다. 그런데 당일은 메이지 천황에게 직접 졸업장과 시계를 받게 되어 있었습니다. 가스리 문양의 기모노 차림이면 송구스러워 몸 둘 바를 모르겠지만, 여름에 동복을 입어서는 안 된다고 누구도 말하지 않았기에 그러한 기묘한 차림으로 나갔습니다. 그런 의미에서 가능한 시원하게 차려 입을 생각으로 목욕재계라도 하지 않았나 싶습니다.

그 대신 돌아오는 길에는 어디서 마셨는지는 잊었습니다만 그 동복 차림으로 신주쿠(新宿) 거리를 기분 좋게 센다와 둘이서 이집 저집을 들렀습니다. 요츠야(四ッ谷) 부근과 신주쿠역 사이의 큰 길입니다. 그렇다고 해도 지금의 절반 정도의 도로 폭입니다. 양측에는 유녀들이 손님을 맞이하는 유곽이 있었습니다. 그런데 그 일을 센다가 기억하지 못한다고 했습니다. 기억이라는 것은 그런 것입니다. 이 '국문학 50년'이라는 것도 그 정도로 믿을 수 없는 것인지도 모릅니다.

『도쿄제국대학 학술대관(大觀)』이라는 책에는 제가 졸업한 1912년 7월 10일에 메이지 천황이 졸업증서 수여식에 참가하여 『원력교본 만엽집(元曆校本万葉集)』 등의 전시품을 봤다는 기사가 실려 있습니다. 누군가
가 그 당시의 인상을 제가 물
어 봤던 기억이 납니다. 하지
만 졸업식장 풍경은 학생의
세계와는 별개로 정말 구름
위의 세상이었습니다. 어디에
어떠한 식으로 서 있었는지
전혀 기억나지 않습니다. 요
즘이라면 천황의 행차가 끝난

<메이지 천황>[108]

후에 행사장 모습을 그대로
두고 학생들에게 보여줄 수도 있고, 어쩌면 식이 끝난 후의 뒷
정리도 시켰을 수도 있었을 겁니다.

제 보금자리였던 도서관 열람실이 졸업식 임시 식장이었습니
다. 앞에서도 언급한 것처럼 저와 같은 졸업생이 알몸 위에 금
단추가 달린 겨울 제복을 입고(이와 같은 차림은 가쿠슈인 출신
이나 의학부 등에는 없었겠지만, 제1고등학교 출신이나 산시로
와 같은 급에는 꽤 있었다고 생각합니다) 졸업식순을 기다리는
동안 교수, 학장(문과대 학장은 우에다 선생님), 총장 하마오 아
라타(浜尾新), 내각의 여러 공(諸公)들, 각 궁(宮)의 전하 등이
입장했습니다. 그다음 군악대가 국가를 연주하면 메이지 천황
이 입장하는 순서였습니다. 이에 대서특필하고 싶은 것은 제가

---

108) https://ja.wikipedia.org

가장 먼저 천황이 건강하지 않다고 진단한 한 사람이었다는 것입니다.

아카몬 앞에서 친척이 운영하는 인쇄가게가 있었습니다. 식을 마치고 그곳에 가서 아무래도 천황이 건강하지 않은 것 같다고 말했습니다. 옥좌가 한 계단 높이 설치되어 있었는데 그곳에서 두 단계 위에 있는 의자에 앉기까지 천황은 양발을 모으고 한 계단씩 이어걷기로 올랐습니다. 아무리 천황이라고 해도 그 올라가는 모습은 이상하다고 느꼈습니다. 게다가 예전에 소문으로 들은 바로는 천황은 언제나 부동의 자세로 장시간 정면을 향한 채 자세를 흩뜨리지 않았습니다. 대단하다는 세간의 평판도 있었습니다. 그래서 모처럼 앞에 나가는 광영을 입게 된 저는 소문대로의 자세로 제게 시선을 고정해 주리라 기대했습니다. 이에 공손하게 전날 훈련받은 대로 예를 몇 번이나 올리고 머리를 들어 보니 천황은 참으로 마음에 들지 않았는지 어쨌는지 따분하다는 듯이 옆을 보고 있었다. 이것은 평소 천황의 자세가 아니지 않는가 하고 생각했습니다. 저는 오늘의 광영을 이것저것 캐묻는 인쇄가게의 사람들에게 건강한 메이지 천황은 그러한 행동을 할 분이 아니라고 말했습니다. 그리고 일주일 정도 지나지 않아서 천황의 발병을 알리는 신문의 호외가 있었습니다.

메이지 천황이 붕어함에 따라 역시 메이지도 끝났다고 강하게 느꼈습니다. 하지만 저를 성장시켜 온 아카데미즘의 세계는 외계에서 동떨어져 있는데다가 동떨어져 있다는 그 사실조차 의식하지 못했습니다. 이러한 것도 물론 나중에 다이쇼 교양시대에 알게 됐습니다. 그래서 메이지라는 시대의 종언은 우리의 생활 혹은 사회에는 커다란 불안이었습니다만, 우리의 연구 세계는 그것과는 특별히 관계가 없었습니다. 말하자면 무사태평이었습니다. 예를 들어 공황인지 뭔지로 증권회사는 망해도 자신의 돈은 은행에 넣어두었기 때문에 괜찮다고 말하는 것과 같았습니다. 즉, 나쓰메 소세키가 『마음(心)』,[109] 모리 오가이(森鷗外)가 『오키츠야고에몬의 유서(興津弥五右衛門の遺書)』 등을 집필하며 메이지의 종언을 작품에 투영한 것과는 다릅니다. 하지만 한 시대가 끝났다는 소박하지만 커다란 불안을 저희는 자신이 살고 있는 아카데미즘의 외계에서 느끼고 있었습니다.

메이지 시대도 끝나고 저는 대학을 졸업하게 됐습니다만, 자신의 학력(學力)이라는 것을 아직 잘 모르고 있었습니다. 공부하려고 생각하고 있었지만, 공부하기에 부족한 사람이 공부하는 것은 국가나 개인으로도 의미가 없을 뿐더러 공부할 가치가 없는 사람은 하루라도 빨리 지방의 중학교 현장에 나가서 일하는 편이 좋다고 했습니다. 선생님에게 미리 부탁하면 중학교에 취직하는 것은 어려울 것 같지는 않았습니다. 즉, 아버지보다 좋은 조건이었습니다만 같은 갈림길에 서게 됐습니다. 아버지에

---

109) 여러 출판사에서 번역서를 냈다. 예컨대 윤상인이 민음사에서 출간한 것도 그중 하나다.

게 물려받은 것으로 비교적 시원스럽다고 할지 지조가 없다고 할지 잘 모르겠습니다만 학문할 만한 실력이 있다면 하겠지만 없다면 포기하자고 생각했습니다. 물론 졸업 성적 등의 발표가 있기 전의 생각이었습니다. 제 성적이 앞으로 계속해서 공부해도 될 만한 점수가 되는지의 여부를 선생님께 물으러 갈 배짱이 제게는 없었습니다. 그런데 동급생 중에 다치바나 신민(立花新民)이라는 야나가와(柳河)의 다이묘(大名) 일족이 있었습니다. 후지무라 선생님 또한 야나가와의 다이묘 일족이었습니다. 다치바나는 본가(主家)에 해당했습니다. 이런 관계로 다치바나 신민은 자주 후지무라 선생님 댁에 드나들었습니다. 이에 그를 따라 함께 후지무라 선생님 댁에 가서 넌지시 제 성적을 물어본다면 그다지 부끄럽지 않을 것이라고 생각해서 따라갔습니다. 다치바나는 참으로 멋지게 부인과 세상 돌아가는 이야기를 했습니다. 제가 존재감 없이 다치바나의 뒤에 앉아 있으니까, 후지무라 선생님이 천천히 제 쪽으로 오셔서 "다카기 이치노스케는 물론 대학원에 들어갈 테지"라고 말했습니다. 이 한마디로 저는 대학원에 입학하게 됐습니다.

시대는 다이쇼로 바뀌었습니다. 저도 대학생에서 대학원생이라는 한 단계 높은 신분으로 올라가게 됐습니다. 다만 이 비약이 당시의 문단이나 출판계의 신기운에 어떠한 관심을 가지게 하지는 못했습니다. 저뿐만이 아니라 의외로 일반적으로도 냉담했던 것 같습니다. 제가 말하는 이른바 아카데미즘의 위력이 저희들에게 크게 작용하고 있었기 때문입니다. 물론 당시의 대학원생 또한 문단이나 출판계에 관심을 갖지 않았을 리 없겠습니다만, 관심 방향은 국문학답게 조금 달랐던 것 같습니다. 이렇게 말하는 것만으로는 잘 모를 수도 있습니다만, 대체로 청년이 대학에서 국문학을 졸업한 후, 더욱더 국문학을 전공하기 위해서 대학원에 입학한다는 것은 예를 들자면 아카데미라는 이름의 수도원에 틀어박히는 것과 같은 것이었습니다. 물론 청년에게 그러한 의식은 없었을 것입니다. 예를 들어 수도원의 여승이 수도원 밖으로 나오는 것조차 수도하는 데 죄가 된다고 생각한 것처럼, 이 청년에게 대학원이라는 테두리 밖의 문단이라는 세계는 마치 악마에게라도 유혹될 것 같은 다른 세계로, 이를 학문적으로 말하자면 불순한 세계라고 생각했던 것 같습니다. 게다가 당시 도서관에는 천국과 같이 대학원생과 졸업생에게만 이용할 수 있는 열람실이 있었고, 모두가 이용할 수 있는 가죽으로 만들어진 안락의자가 구비되어 있었습니다. 대출한 책은 넓은 자신의 책상 위에 며칠이고 편하게 놓아 둘 수 있었으며 자유롭게 서고에 들어가 책을 찾아볼 수 있는 특권도 있었습니다.110) 이에 저는 제가 고른 과제인 중세문학을 공부하자고 매우 분발했습니다. 게다가 그 시기는 아버지도 아직 건재했기에 3년이나 혹은 5년 정도는 학비를 보낼 테니 열심히 공부

---

110) 역자는 1990년대 후반부터 약 8년간 구 제국대학인 홋카이도대학에서 공부했다. 다카기가 언급한 대로 이 대학에서도 대학원생은 도서관과 열람실을 자유롭게 이용할 수 있었다.

하라고 격려해 주었던 때였습니다. 이에 처음으로 국문학이라는 학문에 진지하게 발을 내딛었습니다.

서서히 이 시기에 이르러 출판계에서도 국문학 관계 서적이 다양하게 출판됐습니다. 대표적인 것이 유붕당문고(有

<유붕당문고>[111]

朋堂文庫)입니다. 당시 일본의 고전문학을 활자로 한 것에는 박문관(博文館)의 『일본문학전서(日本文學全書)』, 『일본가학전서(日本歌學全書)』, 『속가학전서(續歌學全書)』 정도밖에 없었습니다. 오자투성이였지만 고등학교나 대학에서도 이들 서적을 교과서로 사용할 수밖에 없었습니다. 후지오카 선생님이 무로마치시대 문학사를 강의하실 때 이 전서에 실려 있는 『도연초』의 찢겨 떨어져 나갈 것 같은 페이지를 조심스럽게 넘기면서 띄엄띄엄 이야기하던 모습이 잊혀지지 않습니다. 그러던 때에 금박 장정으로 멋지게 만든 책을 앞세운 유붕당문고가 나타났습니다. 독자들이 빠짐없이 모두 주시했던 것은 당연했습니다. 제가 대학원에 다니던 때에는 아직 이렇게 호화판으로 만들어진 『겐지 이야기』나 지카마쓰 몬자에몽(近松門左衛門)을 향락할 정도의 생활은 아니었습니다. 게다가 고교 때 이후부터 긴 망토에 백선

---

111) http://page9.auctions.yahoo.co.jp/jp/auction/k187915474

모(白線帽)112)를 써 왔던 오 기가 있었습니다. 그리고 대 학원생은 대학의 도서로 공 부해야 한다는 아카데믹한 자의식이 있었습니다. 지나친 자의식입니다만. 그래서 이 유붕당문고의 혜택을 누리게

<백선모>113)

된 것은 솔직히 말해서 구마모토(熊本)에서 수양 시절을 보냈 던 이후의 일입니다. 유붕당문고가 생겨남에 따라 일반 사람이 일본의 고전문학을 달리 보게 됐습니다. 패전 후 이와나미서점 이 출판한 『고전문학대계(古典文學大系)』나 아사히(朝日)출판 사가 출간한 『고전전서(古典全書)』등을 모두 경험해 온 제 입 장에서 본다면, 유붕당 쪽이 더 히트했다고 말하고 싶습니다.

대학원 때는 대학보다도 더욱더 국문학에 뿌리를 내리고, 대 학 도서관을 중심으로 생활한 시기였습니다. 그러한 평온무사 한 학구 생활을 지내다가 갑자기 멀리 규슈의 구마모토에 있는 제5고등학교로 낙향을 했던 것이기에, 거기에는 필시 무언가 이유가 있었을 것이라고 당연히 생각할 것입니다. 하지만 그것 은 지금 생각해 보면 너무나도 철없는 짓이었습니다. 실은 1915

---

112) 학생 모자는 학교에 따라 조금씩 분위기를 달랐다. 백선모는 말 그대로 각모(角 帽)에 한 줄의 흰 선을 그은 모자였다.

113) https://ja.wikipedia.org
참, 그러고 보니 역자도 중학교 1학년 때 위와 같은 모자를 1년간 썼던 기억이 난다.

년 1월 20일에 어머니가 갑자기 타계했습니다. 어머니는 제 '국문학 50년'에 아버지와는 전혀 다른 의미로 영향을 끼친 분이었습니다. 어머니에 대해 잠시 이야기하겠습니다.

앞서도 언급했듯이 아버지의 좌절은 제가 성인이 되어감에 따라 저를 분발하게 했지만 아버지를 누구보다도 동정하게 하는 감정을 이끌어 내기도 했습니다. 하지만 아버지의 봉건적이고 엄격한 태도에는 왠지 거리를 두고 싶은 혹은 피하고 싶은 그런 기분이 들었습니다. 이런 기분을 전환이라도 하듯이 어머니에게 저는 정말로 제멋대로인 아들이었습니다. 외람된 이야기이지만 홋카이도대학의 이누카이 기요시(犬養廉)가 편지에서 얼마 전 88세의 나이로 돌아가신 부처님 같은 어머니에 비해서 자신은 방탕무뢰한 막내였다고 표현했습니다. 그 순수하디 순수한 이누카이 기요시의 자기고백은 사실 대단한 내용은 아닙니다. 하지만 저는 이 표현에서 문득 제가 어머니에게 제멋대로 했던 언동을 떠올렸습니다. 어머니가 돌아가신 지 오십 년이나 지난 지금 새삼스럽게 마음이 무거워졌습니다. 어머니에 대한 나의 행동은 물론 어머니에게 보낸 다른 형태의 애정이었습니다만, 어머니에게는 너무 잔혹했던 것 같습니다.

1863년에 태어나서 봉건사회를 넘어 메이지 시대를 맞이한 어머니는 그 지아비를 대할 때는 항시 한 발짝 뒤로 물러나서 행동했습니다. 하지만 저를 대할 때에는 모든 비밀을 털어놓고 한시도 제게서 떨어지지 않고 사랑해 주었습니다. 저는 그것을 당연한 것으로 여기며 버릇없이 행동했습니다. 그리고 어머니를 실망시켜 드리고 끝내는 저세상으로 가게 했습니다. 그런 지난 일을 참회하고 속죄를 해 봐도 소용없는 일이기 때문에 이 정도에서 그만두겠습니다. 다만 졸업이 임박하였던 1912년 봄 무렵에 어머니가 보내온 편지 한 구절이 생각납니다. 늦게나마 제가 가장 사랑하고 저를 가장 사랑한 어머니의 명복을 빌고자 합니다. 1915년 1월에는 뇌출혈로 쓰러졌고, 제가 나고야에 돌아오는 것을 기다리지도 못하고 저세상으로 떠났습니다. 이렇게 어머니가 돌아가고 나니 제게는 절망감보다도 허탈감 같은 것이 밀려왔습니다. 지금까지의 대학원 생활 등 모든 것은 허위와 작위였습니다. 남은 것은 어머니에 대한 어리광뿐이라는 생각이 들었습니다. 이것도 지금 생각해 보면 너무나도 아카데믹한 대학원 생활이 진짜가 아니었던 것을 반성하게 합니다. 어쨌든 이 허탈감이 저를 구마모토로 떠나가게 했던 계기였습니다.

제5장

수양 시절

제5고등학교에 부임하면서 제 수양 시절이 시작됩니다. 수양이라고 하면 일반적으로 오래전에 끝났어야 하는 것입니다. 그것을 지금에 와서, 즉 교사 혹은 학자를 시작할 즈음에 수양이라는 이름을 붙이는 것은 이상하게 들릴 수도 있습니다. 하지만 수양을 하고 싶어진 것은 지금까지 정말로 세상 물정을 몰랐기 때문입니다. 우선 저는 외동아들입니다. 고독했습니다. 고독이라는 것은 세상 물정을 모르는 외톨이를 말하기 때문입니다. 대학을 마치고 대학원으로 진학한 원생 때도 아카데미즘 곧 상아탑에 갇혀 있었기에 세상 물정을 몰랐습니다. 그렇게 세상 물정을 모르고 있다가 구마모토로 가서 처음으로 세상이라는 것을 알게 되었습니다. 세상을 아는 것이야말로 수양이라고 말할 수 있습니다. 학자든 뭐든 세상을 몰라서는 안 됩니다. 즉, 세상에서 단절된 학문이라는 세계 속에 갇혀서 꿈틀거리고 있는 것만으로는 의미가 없습니다. 제 경우도 겨우 그곳에서 세상을 공부하기 시작했다는 의미로 수양시대가 시작됐다고 말하고 싶습니다.

우선 당시의 고등학교 분위기는 좋았습니다. 저를 필두로 구제 고등학교에 있던 사람들의 입버릇입니다만, 그 백선모를 쓰던 때야말로 인생의 황금시대였습니다. '무카이가 언덕에 우뚝 솟은'이라는 기숙사가(歌)의 세계는 현실에서 단절된 초월적 인생입니다. 그 노래 속에는 실제 생활상이 그려져 있지 않다는 의

<구마모토의 상징, 구마모토성>

미에서 로맨틱하다고 할 수 있습니다. 하지만 너무나도 낭만적인 '황금시대'였는지도 모릅니다. 다만 그 시대에도 장점은 있었다는 것을 지금도 인정해야 합니다. 매우 관념론적이기는 하지만 어떤 정의감을 굳건히 지키며 설사 세상을 모른다고 하더라도 옳지 못한 것을 느끼면 그것과 싸워 나가는 태도입니다. 그렇기에 고등학교 학생들은 세상과 자주 싸웠습니다.

제5고등학교에서도 그러한 예는 몇 가지 있었습니다. 경찰서 앞에서 소변을 보거나 밤중에 근처의 온천여관 주변을 시끄럽게 돌아다니거나 하는 것을 종종 즐겼습니다. 어쩌면 세상을 잘 몰랐기에 결과적으로 난폭하다고밖에 표현할 말이 없는 듯합니다. 하지만 세상에 얼마나 많은 부정이 횡행하고 있는가에 대해서만큼은 어렴풋이 감지하고 있었습니다. 세상에 무지하긴 했

124

어도 그곳에 둥지를 틀고 있는 부정만큼은 쫓아내고자 했습니다. 제가 제3고등학교에 재학했던 학생 때에 이러한 분위기를 몰랐던 것은 아니지만 제 주변에는 훨씬 다른 분위기의 문학 소년들로 가득 차 있었습니다. 게다가 저는 기숙사 생활을 하지 않았고, 대학에 들어와서는 그야말로 아카데믹한 상아탑 속에서 사육당하는 것과 같이 얌전히 지냈습니다. 앞서 말한 것처럼 제3고등학교에서 도쿄제대의 문과에 온 사람은 한 사람도 없었다는 점에서 고독하기도 했습니다. 그래서 제5고등학교의 신입 선생님이 돼서는 이 노골적인 정의감 같은 것을 경험했습니다. 제 인생이 바깥 공기와 접촉했다는 의미에서 역시 세상을 알아가는 첫걸음이었습니다.

<훗카이도대학 게이테키 기숙사(惠迪寮)>114)

---

114) http://image.search.yahoo.co.jp

그때 저는 아직 독신이었기에 구마모토에서 처음 얻은 집은 어떤 목사님 댁 2층이었습니다. 아래층에 신입생이 두 명 정도 있었습니다. 한 사람은 이노우에 마코토(井上誠)로 요절했습니다. 정말 훌륭한 남자로 그가 죽을 때까지 교우관계를 지속했습니다. 다른 한 사람은 시모다 요시토(下田吉人)입니다. 공과에 수석으로 입학한 사람으로 지금도 서로 왕래를 하는 사람입니다. 재작년에도 제 희수(喜壽) 잔치에 와서 기숙사 노래 등을 불러 주기도 했습니다. 전쟁 중에 오사카의 영양연구소장 등을 맡았기에 숙청당했지만, 마음씨 착한 효자였습니다. 그리고 또 한 사람이 있습니다. 이 사람 또한 안타깝게도 죽고 말았습니다. 외교관이 됐던 이노우에 다케시(井上武)가 있습니다.

제5고등학교 부임 후 10년이 지난 무렵 제가 런던에 갔을 때, 마침 그가 대사관 서기생인가 뭔가로 근무하고 있었습니다. 일본대사관에 영국에 도착한 것을 신고하러 갔을 때, 관내 계단에서 우연히 그를 만났습니다. 그때 "다카기 선생님이 아니십니까?"라고 말하며, 지금 귀국명령을 받았는데 연장해야겠다고 말하며 그대로 계단을 뛰어올라가던 그 뒷모습을 지금도 잊을 수가 없습니다. 그리고 며칠 동안 런던 여기저기를 안내해 주었습니다. 이에 대해서는 어딘가에 쓴 적이 있습니다만, 나와 이노우에 다케시는 비에 젖은 런던의 쓸쓸한 거리를 걸으면서 우

역자들이 유학했던 홋카이도대학에는 게이테키 기숙사가 있다. 다카기 이치노스케가 경험했던 분위기가 지금도 남아 있다.

산을 같이 썼습니다. 제 하숙집으로 오는 도중에, "자네는 돌아가면 어디로 가는가?"라고 물었습니다. 그랬더니 다른 사람들은 모두 파리 혹은 런던을 지망하지만 자신은 미래의 외교 무대는 중국이라고 생각하기 때문에 중국을 지망했다고 말했습니다. 말한 대로 돌아가서는 북경의 참사관이 되더니 나중에는 광동의 총영사가 되었습니다. 하지만 그곳에서 말라리아에 걸려 죽고 말았습니다. 지금 살아 있다면 외무부 장관 등을 역임한 후, 외교 고문 같은 일을 하고 있을 것입니다.

이 사람 또한 대단한 정의감을 지닌 경골한(硬骨漢)으로 제가 제5고등학교에 부임하고 난 후 두 번째 수업부터 질문을 퍼붓기 시작했습니다. 저도 기를 쓰고 그와 논쟁을 펼친 적이 있었습니다. 그런데 아무래도 제 쪽이 불리하게 될 때는 학생 모두가 하나가 돼서 저에게 달려들었습니다. 고군분투해야만 했습니다. 그래서 한 가지 방책을 궁리해 냈습니다. 다하지 못한 이야기는 제 하숙집에서 하자고 제안하고 진도를 나가자고 말했습니다. 그런데 이노우에가 정말로 그날 밤 제 하숙집에 놀러 왔습니다. 이번에는 일대일이기에 좀처럼 지지 않았습니다. 마침내 이겼다고 생각했는데, 상대는 어떻게 생각했는지 알 수 없었습니다. 그런 후 이야기는 요곡(謠曲)[115]으로 흘러서 제 문하생 1호가 되어 그 후로도 종종 놀러 왔습니다. 참고로 끝끝내 문하생 2호는 없었습니다.

---

115) 전통 무대예술극인 노(能)의 사장(詞章)을 의미한다. 연극의 각본에 해당한다.

또 다른 하나는 술에 관한 이야기입니다. 역시 두세 명의 신입생이 하숙집을 찾아왔습니다. 술을 마시겠냐고 물었더니, 조금이라면 마시겠다고 했습니다. 저는 물론 농담으로 한 되 정도 마실 수 있냐고 물었습니다만, 그 정도는 마실 수 있다고 하더니 결국은 학생들에게 당하고 말았습니다. 모두가 이런 분위기로 제5고등학교를 지냈습니다. 등산을 했을 때 더 이상 움직일 수 없게 되자 서로서로를 끌어당겨 주면서 올라간 적도 있었습니다. 제게는 수양이 됐습니다. 아소(阿蘇)산 분화 등이 한눈에 보이는 고지대에 있는 제 집에 모리모토 지키치(森本治吉)와 다카모리 신지(高森真二) 등이 모여 『백로(白路)』라는 단가 잡지를 만들었습니다. 이것이 현재 모리모토 지키치가 주재하는 『백로』의 전신입니다. 이와 같은 제5고등학교 생활 전부가 제 몸에 배었던 아카데미즘을 청소했습니다.

<아소산>116)

---

116) https://ja.wikipedia.org

1921년 무렵, 그때까지의 고등학교 이른바 넘버스쿨(number school)[117) 외에 열 몇 개의 고등학교가 증설됐습니다. 이전의 넘버스쿨이 가지고 있던 일종의 독특한 반속(反俗)의 분위기와 증설 후에 세워진 고등학교의 공기는 확실히 달랐습니다. 그것에는 여러 가지 원인이 있었습니다. 제가 우라와 고등학교의 개교 당시부터 2년 정도 관여한 적이 있기에 양쪽을 비교할 수 있었습니다. 이런 이야기를 하면 우라와 고교의 졸업생들에게 맞아죽을지도 모르겠습니다만, 마이너스 쪽의 예를 한 가지 들어 보겠습니다(플러스 부분은 나중에 언급하겠습니다).

제5고등학교에서는 여름방학이 되면, 사환의 주머니 사정이 여유로워진다고 했습니다. 4월에 입학해서 7월 휴가철이 되면, 기숙사에 들어온 신문이나 잡지가 상당히 쌓이게 됩니다. 방방마다 그렇습니다. 사환이 그것을 넝마장수에게 팔면 상당한 수입이 됐습니다. 그런데 우라와 고교에는 그런 것이 없습니다. 학생들이 모두 팔아서 근처의 찻집 등에 밀린 외상값을 갚고 고향으로 돌아가기 때문입니다. 돈이 남으면 돈이 없어질 때까지 깨끗이 마시고 돌아갑니다. 이점이 다른 점이었고, 매우 상징적입니다. 그렇다고 하더라도 우라와 고교에서도 말기의 고등학교보다 훨씬 정의감이나 반골의 기풍이 남아 있었습니다. 다만 이런 다른 점은 시대가 똑똑해졌기 때문이기도 하고, 도쿄

---

117) 설립 순으로 교명에 숫자를 넣은 엘리트 양성학교를 말한다. 구제 고등학교는 제1고부터 제8고까지 있었다.

와 지방이 다르기 때문이기도 하여 일률적으로는 말할 수 없습니다. 예를 들어 넘버스쿨 중에서도 제5고등학교 등은 그런 의미에서 전국적으로 인기가 있었던 것 같습니다. 실제로 오우치 효에 등은 아와지섬에서 가까운 곳에 제6고등학교나 제3고등학교가 있었으며 제1고등학교에도 갈 수 있었을 텐데 일부러 처음부터 제5고등학교를 희망했습니다. 즉, 고등학교라고 해도 다양한 특색이 있었습니다. 센다이(仙台) 등도 상당히 특색이 있었던 것 같습니다.

당시 제5고등학교의 사상적 특색을 말하겠습니다. 제5고등학교 출신으로 훗날 어느 정도의 사상을 몸에 익힌 사람들을 들자면 상당한 숫자가 됩니다. 그들은 좌익에서 우익에 이르기까지 폭이 상당히 넓었습니다. 그들의 사상이 제5고등학교에서 모두 생겨났다고는 말할 수 없을지도 모릅니다. 단지 구마모토에는 오래전부터 크리스트교가 깊이 뿌리를 내리고 있었습니다. 크리스트교 정신이라는 것이 소박한 제5고등학교 정신과 의외로 저변에서 이어져 있었던 것입니다. 크리스트 정신이 구제 고등학교의 반골 사상에서도 특히 제5고등학교와 같은 성격을 만들었지 않았을까 하는 것을 제5고등학교 재직 중에 느꼈습니다. 에비나 단죠(海老名弾正) 등이 고향인 구마모토에 자주 왔기에 저도 들으러 간 기억이 있습니다. 그 인기는 굉장했습니다. 참, 제5고등학교에도 하나비시회(花菱会)[118]라는 기숙사가 있었습니다.

---

118) 1948년까지 일본에 있었던 넘버스쿨은 전교생 기숙사 생활을 했다. 하니비시회는

그런데 제5고등학교에서 제 담당할 강의는 정해져 있었습니다. 대표적인 고전의 주석과 문학사였습니다. 제가 할 수 있는 것은 이 두 개 과목 간 비중, 고전 선택과 주석 방법 정도였습니다. 게다가 국문을 세 명이 분담하고 있었기에 제 마음대로 행동할 수는 없었습니다. 이런 사정은 요즘 대학의 특히 교양학부 등과 닮아 있습니다. 앞에서도 언급했듯이 주석이 없는 고전문학이라는 것은 생각할 수도 없겠습니다만, 주석이 고전문학을 해치는 것도 적지는 않습니다. 즉, 공(功)과 죄(罪)는 늘 주석에 붙어 다녔습니다. 제 경우만을 이야기하자면, 이 시기에 처음으로 유붕당문고 서적을 교과서로 사용했습니다. 앞서도 언급한 것과 같이 대학과 대학원 때에는 서사시론이나 군기(軍記)119)만을 계속해 왔기에 실은 일본의 고전문학에 약했습니다. 그러던 차에 이러한 기회가 생겨 학생과 함께 읽고자 생각했습니다.

덕분에 제5고등학교 재직 5년간에 『만엽집』, 『겐지이야기』, 『침초자(枕草子)』,120) 『고금화가집』, 『신고금화가집(新古今和歌集)』,121) 『이세이야기(伊勢物語)』122) 등 국문학자로서 기본적으로 읽어야 하는 것을 대체적으로 읽을 수 있었습니다. 상당히

제5고등학교의 기숙사를 가리킨다.

119) 『군기이야기(軍記物語)』를 가리킨다. 전투를 묘사한 서사시 문학이다.

120) 정순분이 2004년에 갑인공방에서 번역서를 출간했다.

121) 구정호가 2016년에 삼화에서 완역서를 출판했다.

122) 구정호가 2012년에 인문사에서 우리말로 옮겼다.

옳지 않은 방식입니다만, 강의할 곳은 상세히 읽고 그렇지 않은 곳은 대충 읽었습니다. 무엇보다 가르치는 저 또한 처음 읽는 것이기에 신선하고 재미있었습니다. 그런 이유로 배우는 학생들 또한 의외로 흥미를 가지게 된 것 같습니다. 다만 그중에는 독일어 사전을 펼치고 공부하는 학생도 있었고, 공공연히 잡지를 펼쳐 놓는 학생도 있었지만, 아랑곳하지 않고 제 공부를 위해 읽었습니다. 흥미를 가진 몇몇 학생들은 자연스럽게 제 열정에 반응하여 참여하게 됐습니다. 문제가 생기면 그때까지 독일어를 공부하던 학생들도 자연스럽게 참여하여 함께 토론하는 분위기였습니다. 제 자신에게는 꽤나 즐거운 공부가 됐던 것 같습니다. 그런 의미에서는 이것도 또한 제 스스로를 수양하는 것이었습니다. 하지만 학생들에게는 죄스러운 이야기입니다. 그 이유는 대체로 구제 고등학교에서는 나중에 정치가가 되는 사람도 있고, 은행가가 되는 사람도 있으며, 판검사가 되는 새싹도 있습니다. 그런 학생들에게 『침초자』에 등장하는 궁정여인의 분장 등을 상세히 설명한들 아무런 도움이 되지 않기 때문입니다. 그런 것을 생각하면 5년간의 국문 주석은 아무리 자신을 위한 것이라고 하더라도 학생들에게는 꽤나 죄스러운 짓을 한 것입니다.

문학사는 보람이 있었습니다. 그래서 저는 시간이 허락하는 한 문학사에 역점을 두고 강의를 진행했습니다. 제가 그렇게 공을 들인 덕분인지 지금도 다른 분야에서 사업을 하는 예전 졸업생들이 문학사를 기억해 주는 것 같습니다. 물론 전부 상세히 기억할 리는 없겠지만 그중에는 지금까지도 문학사 노트만은 가지고 있다고 말해주는 사람도 있습니다. 즉, 문학사에 대한 향수는 느끼는 듯하지만 『침초자』의 어떤 부분의 주석이 재미 있었다고 말해 주는 사람은 한 사람도 없었습니다. 예전에는 어떤 강의를 하더라도 아무도 들으러 오지 않았습니다. 어찌되었던 천하제일의 고등학교이기 때문에 대대한 기세였습니다. 때때로 문부성의 시학관(視學官)이 오더라도 조심스러워하며 교실에는 들어오지 않았습니다. 가끔 들어오면 신성한 수업을 방해했다고 학생들이 물고 늘어졌기 때문입니다. 교권이 잘 지켜지는 편이었습니다. 상당히 자유로웠습니다.

제5고등학교의 교수진을 두세 명 소개하고자 합니다. 이는 간접적으로 국문학을 담당하던 사람들의 소개가 됩니다. 당시는 지금과 같이 다양한 학회가 전국적으로 조직되어 각각의 학자를 연결시켜 주지 못했습니다. 연구지(研究誌)도 거의 없던 시대였습니다. 8개의 고등학교는 2개의 제국대학(당시 교토제대는 생긴 지 얼마 되지 않은 신생 제국대학이었음) 그중에서도 역시 도쿄제대의 중앙집권적 학문을 전도하는 사도(使徒) 같은 사람들에 대항 의식이 있었습니다. 즉, 고등학교에는 도쿄제대 교수를 한 수 아래라는 듯 내려다보는 고고한 학자들이 모여 있었습니다. 모두 기골을 꼿꼿이 했고, 학생도 그들을 존경했습니다. 그것이 좋든 나쁘든 고등학교 분위기를 양성하고 있었던 것 같습니다. 그런 사람들을 어떻게 말하면 좋을지 모르겠습니다. 백인백색이라고 할지, 군웅할거라고 할지, 그도 아니면 백귀야행(百鬼夜行)[123]이라고 할지……. 제가 부임했을 때에는 이미 있지 않았습니다만, 라프카디오 헌을 보더라도 그렇고 나쓰메 소세키를 보더라도 그런 타입의 사람이었습니다. 그런 사람들은 학자나 작가가 돼서 유명해졌습니다만, 일생 동안 편히 선생님으로 만족했던 사람들 중에서도 이런 타입의 훌륭한 사람은 상당히 있었습니다.

국문의 주임을 지낸 혼다 히로시(本田弘)가 있었습니다. 도쿄제대를 나온 후 15년이나 지났지만 한 번도 도쿄에 간 적이 없다는 사람입니다. 그 사람의 『겐지이야기』 강의가 명물이었습니다. 그렇다고는 하더라도 제가 직접 그 강의를 청강한 것은 아닙니다만, 선생님은 『겐지이야기』를 전부 순수한 구마모토 사투리로 강의했습니다. 물론 당시 학생들이 구마모토뿐만이 아니라 쥬고쿠(中国), 시고쿠(四国)는 물론 도쿄에서도 많이 왔었습니다. 그런 그들이 혼다 히로시의 강의에 매료됐습니다. 이렇게 이야기하면 모두 거짓말 같은 이야기로 들리겠지만, 지금도 이 이야기는 그대로 남아 있습니다. 생각해 보면 일관된 이야기입니다. 정말로 『겐지이야기』에 정통한 사람이라면 그것으로 괜찮은 것입니다. 가령 혼다 히로시가 다니자키 준이치로(谷崎潤

---

123) 일본 설화 등에 주로 등장한다. 심야에 배회하는 도깨비와 요괴 무리 혹은 그들의 행진을 의미한다.

一郎)보다 훨씬 『겐지이야기』를 숙독했다면, 구마모토 사투리로 번역한 혼다의 『겐지이야기』가 다니자키가 현대어로 번역한 『겐지이야기』보다 매력이 있어도 좋을 것입니다.

서양사를 담당한 고마츠 바이이치(小松倍一) 선생님의 비스마르크전도 인기가 있었습니다. 선생님은 자주 연대를 1세기 정도 틀려도 아랑곳하지 않았다고 합니다. 하지만 그런 선생님의 비스마르크를 듣고 있으면 영웅이 그곳에 있는 것 같다고 착각했을 정도입니다. "피가 솟구친다는 느낌이 그런 것일지 모릅니다"라고 어떤 학생이 제게 이야기해 주었습니다. 이 선생님도 나중에는 고등학교의 교장 선생님이 됐습니다.

또 다른 한 사람은 연배가 보다 조금 위인 선배로 독일어를 가르치는 사쿠마 세이치(佐久間政一)가 있습니다. 그는 나중에 제2고등학교로 전근 간 후 도후쿠(東北)제대의 강사 등을 역임했습니다. 쇼와시대(1926~1989) 초기에 작고했습니다. 제가 독일에 갔을 때 마침 베를린에 있었기에 이곳저곳을 데려다 주며 연극 등도 보여주었습니다. 술을 좋아하는 분으로 성격은 까칠하지만 능력은 뛰어났습니다.

U라고 하는 분은 조금 다른 유형의 사람입니다. 당시 의학전문학교의 교수로 재직하던 사람이었습니다. 구마모토 출신으로 상당히 품위 있는 신사였습니다. 그 댁에 사쿠마 세이치와 둘이서 자주 놀러 갔는데, 사쿠마에게는 U 선생님의 태도가 조금 거슬렸나 봅니다. 제게 "이봐 볼일 좀 볼게"라고 말하며 잘 꾸며

진 응접실의 툇마루에서 소변을 봤습니다. 지금도 그 주인의 당황해하던 얼굴을 기억합니다. 교실에서도 사쿠마가 학생들에게 "바보야"라고 소리치는 것이 옆 교실에까지 울릴 정도였습니다. 그가 번역한 것을 지금도 가지고 있습니다만, 번역에 대한 사쿠마의 태도는 굉장히 엄격했습니다. 세상에 나와 있는 속서(俗書)가 얼마나 엉터리인지를 일일이 지적해서 제게 보여주는 그런 사람이었습니다. 그러고 보니 제가 쓰다 소키치(津田左右吉)의 책을 읽게 된 것도 그가 제게 읽고 비평을 해보라고 말하며 빌려줬기 때문입니다.

지금 생각해도 구마모토에서 있었을 때 저는 정말 수양하는 방식의 독서를 하고 있었다고 말할 수 있습니다. 즉, 아카데미즘이라고 자칭하던 전기(前期)의 독서 방법은 옳든 그르든 목표를 정해서 그 범위에서 연구 혹은 평론으로 이어가는 독서였습니다. 하지만 일단 대학원이라는 곳에서 해방되어 구마모토로 흘러들어와 보니 제 주위에는 그런 독서가 가능한 책이 없었습니다. 당시 출판된 『국사총서(國史叢書)』를 살펴봤습니다. 그 중에는 『응인기(応仁記)』124)라든지 『가길기(嘉吉記)』125)와 같이 제가 읽어싶었던 책들도 수록되어 있었습니다만, 오역투성이로 해설도 충분하지 않았습니다. 여러 책들의 교합(校合) 등이

---

124) 무로마치 시대의 픽션이다. 하타케야마씨(畠山氏)와 시바씨(斯波氏)의 내분에서 시작된 '응인(応仁)의 난'을 그린 전쟁이야기다.

125) 가길(嘉吉)의 난을 편년체로 기록한 무로마치 시대의 사료다.

전혀 없었습니다. 지금의 대학원과 같이 여러 판본을 마음대로 서고에서 빌려 특별 열람실에서 군서(軍書)의 성장과정 속에 그 서사시적 성격을 음미하는 것은 상상할 수도 없는 일이었습니다. 한편 교실에서는 일본 고전을 법률이나 경제를 전공하고자 하는 학생들과 함께 읽어야만 했습니다. 그때까지 그러한 고전에 극단적으로 약했던 저는 그들을 위해서도 또 자신을 위해서도 좀 더 열중해서 읽어야만 하는 입장에 몰려 있었습니다.

어머니가 급사한 것은 제 나이 26세의 끝 무렵입니다. 그로부터 제5고등학교 교수로 구마모토에 부임하기까지 반 년 정도의 기간 동안 이 무기력하던 외동아들도 그럭저럭 회복됐습니다. 그러기에 활기 넘치는 학생들과의 토론에서도 지지 않으려고 하는 기백도 넘쳐났습니다. 하지만 솔직히 말해서 마치 혼다(本田) 노교수처럼 구마모토에서 『겐지이야기』에 안주해서 명강의나 하면서 인생을 끝내자고 하는 기분은 들지 않았습니다. 그리고 학생들에게 치이고 젊은 동료 예를 들어 사쿠마, 오쓰카(大塚) 등과 같이 위세 좋은 무리와 어울리고 있으면 대학원 때의 나약함이 새삼스럽게 뼈저리게 느껴졌습니다. 오즈카는 이삼년 후, 장티푸스로 급사했습니다. 저는 아직 젊으니까 좀 더 바깥 공기를 접하며 다시 시작해야겠다고 생각했습니다. 실제로 당시 저는 젊었습니다. 38명의 교수 중에서 연령순으로는 아마도 38번째였을 것입니다. 부임 초기 마을에 책상을 사러 갔더니 가게 주인이 "이게 좋아요, 3년 정도는 쓸 수 있을 거예요"라고 제5고등학교의 신입생을 대하듯이 했습니다. 이것은 몇 번이고 입시에 실패하여 들어온 학생들, 즉 멋진 수염이 난 신입생들이 그리 새로울 것도 없었던 때였기 때문입니다. 어쨌든『헤이케이야기』만은 제가 몇 번인가 읽었습니다만, 그 외에는 전혀 학생들과 차이가 없었습니다. 학생들은 배우러 왔겠지만, 저는 대학원 때의 세미나 기분으로 강의했습니다. 그리고 그러한 방법이 나쁘지 않았다고 지금도 생각합니다.

그리고 또 하나 쓰다 소키치의 출현이 제5고등학교 때의 커다란 사건입니다. 그것도 특이한 것은 국문학을 하는 무리에게서 들은 것이 아니라 사쿠마가 가장 먼저 그 유명한『문학에 나타난 우리 국민사상의 연구』중에서 귀족문학의 시대를 가지고 와서 이 책에 대해서 제 의견을 듣고 싶다고 하는 것이었습니다. 당시 제게 건네준 이 책의 의의는 실로 중대한 것으로 제가 이 책을 읽은 후에 사쿠마에게 간신히 말할 수 있었던 것은 '본격적'이라는 한마디뿐이었습니다. 곧 본격적인 국문학과는 전혀 다른 성격의 책으로 좀 비평할 수 없는 책이라는 의미의 말이었습니다. 하지만 솔직히 그때 생각한 것은 종래에 아무 생각 없이 본격적이라고 말하던 습관에 대해서 다시 한 번 생각해봐야 한다는 것이었습니다. 지금 다시 생각해 보면 참으로 소박한 불안이었던 것 같습니다. 여기서 쓰다 소키치 학설의 옳고 그름을 정하려고 하는 것은 아닙니다. 다만 한 번도 의심하지 않았던 것에 대한 어떤 불신이 이 무렵부터 제 안에서 둥지를 틀기 시작한 것만은 사실입니다.

이러한 구마모토 생활에서 도쿄로 돌아온 것은 1920년 4월 하순으로 문부성 차관인 미나미 히로시(南弘)가 제5고등학교의 요시오카(吉岡) 교장에게 전보로 요청했기 때문입니다. 문부성에서는 여러 사정이 있었던 것 같습니다만, 그런 사정은 제 '국문학 50년'과는 무관합니다. 다만 저로서는 혼다 등과 같이 고등학교의 명교사로 평생을 살아갈 만한 교육자로서의 자격은 없는 것 같았습니다. 게다가 그 즈음 아소산의 활동이 꽤나 왕성하여 화산재가 구마모토까지 내려왔기에 툇마루는 매일 검게 변했습니다. 그것을 도쿄에서 놀러온 친구들이 보고 깜짝 놀라서는 빨리 돌아오라고 권유했습니다. 저도 좀 더 저다운 공부를 하고 싶었습니다. 그러기에 구마모토가 맞지 않다는 것을 조금씩 알게 됐습니다. 그러던 찰나에 정말 적시에 문부성에서 불렀던 것입니다. 문부성의 관리 생활에 대해서는 아는 것이 전혀 없었고 도쿄에 있는 친구들에게 의논할 여유도 없는 상태에서 그만 받아들였습니다. 관리 생활은 확실히 실패였습니다. 하지만 긴 안목으로 보면 제2의 수양 시절로 제 국문학을 육성하는데는 오히려 도움이 됐을지도 모르겠습니다.

구마모토에서 보낸 수양 시절에 대해 미련은 없었는지 물어본다면, 구마모토에서 보낸 5년간은 제 평생의 편력에서 제2의 고향으로 언제나 향수를 느끼게 했던 곳이라고 말하고 싶습니다. 아무래도 젊었을 때의 안이했던 꿈과 같은 것으로 한마디로 표현하기는 어렵습니다. 외동아들이었던 제가 돌연 어머니를 잃고 절망하여 세상 물정 모르는 대학원의 온상에서 규슈로 도망간 것은 헤이케(平家) 일가의 낙향과 그 모습이 같다고 할 수 있습니다. 하지만 헤이케의 자제 같은 저를 기다리고 있던 구마모토는 결코 오로지 서정적인 환상의 세계는 아니었습니다. 너무나도 메이지식의 미문조(美文調)입니다만, 졸업 논문은 개념적이기는 했지만 어쨌든 서사시적인 다른 세계를 생각하게 했다고 말할 수 있습니다. 즉, 저는 어머니를 잃고 구마모토로 가서 처음으로 독립된 인간으로 외부 공기를 접할 수 있었습니다. 게다가 저를 성장시켜준 외부 공기는 구제 제5고등학교라는 사회였고, 그것이야말로 고대 서사시를 생각하게 하는 것이었습니다. 올곧고 난폭하기는 해도 굳건한 정의와 선의를 가지고 현실로 나아가려고 하는…… 뭐라고 할까, 행동적이라고 할지 의욕적이라고 할지 그런 것이었습니다. 그리고 이렇게 외부 공기에 혹은 세상에 의해 성장한 덕분에 제가 그때까지 가지고 있던 학문 곧 국문학이라는 이름의 극히 세상 물정 모르고 나약했던 성격을 스스로 깨닫게 됐습니다.

구마모토에 대한 미련에 대해서 이렇게 길게 이야기한 이유는 제 이력을 통해서 국문학이 외부에서 성장한 것을 이야기하고 싶었기 때문입니다. 만약 이 5년이 없었다면 '국문학 50년'을 이야기하고 싶지 않았을지도 모릅니다. 무엇보다 이것은 그 시기에 생각한 것은 아닙니다. 어쨌든 전보 한 통으로 도쿄로 돌아가게 되었기에 매우 황급히 구마모토를 떠났습니다. 단 1분 밖에 정차하지 않는 가미쿠마모토(上熊本)역에서 창밖으로 머리를 내밀고 동료들과 학생들에게 인사를 하고 있었는데 아내가 갑자기 "당신 아기가!"라고 큰소리로 말했습니다. 작년에 태어난 아기가 없었던 것입니다. 그러자 혼잡한 틈을 헤치고 이웃집 아주머니가 저희들이 깜빡 잊고 온 소중한 아이를 데리고 오는 것이 보였습니다. 그 장면은 지금도 잊을 수 없습니다. 그렇게 출발한 것이 당시의 상황이었습니다. 기차가 천천히 홈을 떠날 즈음 제 뒷머리를 꽉 잡아당긴 것이 지금 말한 것처럼 제 국문학에 이어질 것이라고 생각합니다.

<가미쿠마모토역>[126]

---

126) https://ja.wikipedia.org

문부성에서 일할 때 제 관명(官名)은 도서감수관(圖書監修官)이었습니다. 당시 초등학교 교과서는 국정으로 출판했고, 중학교는 민간에서 출판했습니다. 그것을 검정하는 일이었습니다. 이른바 검정제도였습니다. 검정을 하는 사람 중에서는 와다 신지로(和田信次郎)라는 이 일에 정통한 경험자가 있었습니다. 그의 자제가 홋카이도대학의 와다 긴고(和田謹吾) 교수입니다. 여하튼 이때는 교과서의 종류도 많지 않았고, 게다가 사상적인 문제도 없었기 때문에 와다 신지로가 도맡아서 인수했습니다. 우리들은 와다가 주의사항을 적어 오면 함께 의논을 하면 됐습니다.

　당시 국어 분야에서는 무카사 상(武笠三)이 과장으로 있었으며 그와는 별도로 세 명의 감수관이 전임으로 있었습니다. 처음 제가 예상한 것은 교과서 편찬은 원고를 쓰는 것이 중심이고 출판할 때까지의 잡무가 부수적이라고 생각했습니다. 그래서 관청에서는 항상 책상에 앉아서 집필하고, 때때로 사무적인 회의를 하거나 자료 조사를 하는 정도의 일이라고 생각했습니다.

　제5고등학교 때와 달리 밤에는 학생들이 놀러 오지도 않고 강의를 위한 예습에 시간을 쏟지 않아도 되기 때문에 지금이야말로 오로지 자신만을 위한 공부를 할 수 있고, 어쩌면 점심시간에도 도서관에 들릴 정도의 시간을 얻을 수 있을 것이라고 생각했습니다. 그러한 상황을 기대했습니다.

　그런데 제 꿈은 한 순간에 깨지고 말았습니다. 우선 제가 선발된 것은 그때까지 교과서 편찬 등의 고문격이었던 하가 선생님의 추천에 따른 것이라고만 생각했습니다. 그래서 상경하자 마자 선생님을 방문했습니다. 하지만 그곳에서 제 인사이동이 선생님에게도 갑작스러운 일이었다는 것을 알게 됐습니다. 차관이 자신의 방침을 관철하기 위해서 선생님과 신뢰가 두터웠던 사람들을 좇아내고 저를 불러들였다는 것을 알게 됐습니다. 그렇기는 해도 선생님은 그것으로 저에 대해 이러쿵저러쿵 생각할 정도로 소심한 학자는 아니었습니다. 다만 당신을 불쾌하게 했던 일이었다는 것은 확실했습니다.

당시 문부성은 간다의 히토쓰바시 부근에 있었습니다. 지금도 옛날처럼 보존되어 있는 기보슈(擬宝珠)[128] 장식이 있는 다케바시(竹橋)라는 곳을 메이지의 유행가와 똑같이 "군인들이 말을 타고 이랴 워 워"라고 말하며 지나가는 시대였습니다. 지금의 도라노몬(虎の門)과 비교하면 목조로 지어진 단층 건물의 작은 구조에 지나지 않았습니다. 당시 육해군성(陸海軍省) 등의 건물은 벽돌로 지어졌고, 그 모습은 참으로 당당해 보입니다. 부임 첫날부터

<기보슈>[127]

---

127) http://image.search.yahoo.co.jp

128) 전통적인 건축물 장식으로 다리와 신사, 사원의 계단이나 난간의 기둥 위에 설치했다. 파의 꽃을 닮았다.

저는 각각의 국장실은 물론 다른 부서의 과장에 이르기까지 일일이 임명장을 보이며 인사를 해야만 했습니다. 어떤 국장 등은 마침 신문을 보고 있었는데, 그 신문을 든 채로 멀뚱히 제 쪽을 보고는 "응"이라고 한 마디만 하는 것이었습니다. 놀라웠습니다. 게다가 몇 년쯤 지나서 이 국장이 국회의원이 됐습니다.

그런데 다른 볼일로 지인에게 초대되어 제국호텔에서 점심식사를 대접받고 있을 때, 옆 테이블에 앉아 있던 신사가 성큼성큼 제 자리로 오더니 오랜만이라며 인사를 하는 것이었습니다. 예전에 멍하니 저를 쳐다보던 바로 그 국장이었습니다. 놀랐습니다. 하기는 당시의 장관은 정당에서 나왔습니다. 오사카 상선의 사장인가 뭔가를 역임하던 나카하시 도쿠고로(中橋德五郞)라는 장관이 있었습니다. 이 사람은 매우 대접을 좋아해서 무슨일만 있으면 대접을 했습니다. 관료들에게는 감사한 일로 고등관(高等官) 5등 이상은 언제나 관저 등지에 초대됐습니다. 이런 관료적인 분위기에 대해서는 전에도 조금은 상상하고 있었기에 그러려니 했습니다. 하지만 무엇보다도 기대가 빗나간 것은 실제 담당하는 업무였습니다.

고등관이라는 직책에 맞게 상당한 책상이나 의자가 주어졌던 것으로 기억합니다만, 책상 위에 수북하게 쌓여 있는 것은 서류라는 이름의 이른바 공적으로 분실해서는 안 되는 휴지였습니다. 문학 등은 아니었습니다. 사무실 중앙에 대형의 테이블과 일고여덟 개의 의자가 나란히 있었습니다. 때로는 부서 사람들이 회의하는 자리가 되기도 하고, 또 부서의 누군가가 출장 후 가지고 온 선물을 차와 함께 간식으로 마시는 자리도 됐습니다. 외부에서 오신 손님이나 신문기자를 대접하는 데도 사용됐습니다. 이런 손님들을 대접하는 것도 저희들의 업무였습니다. 즉, 저희들은 어수선하게 미분화되어 있는 사무실과 다용도로 사용되는 사교실이 겸용되어 있는 지저분한 한 방에 갇혀서 도서감수라는 공무를 분담하는 도서감수관이었습니다. 갇혀 지냈다고 했습니다만, 이 말은 반드시 그런 것만은 아닙니다. 외부로 나가기도 했습니다.

초등학교 국어 교과서에는 종종 잡다한 교재를 채택해야 합니다. 게다가 거기에 실질적으로 과오가 있으면 트집 잡기를 좋아하는 초등학교의 선생들은 그것을 신문에 실어서 문부성을 공격합니다. 그러면 바로 기자들이 나타났고 저희들은 질문 공세를 받습니다. 때로는 직접 장관이나 차관 등이 지적하러 오곤 합니다. 그러면 장관이나 차관은 저희들을 불러서 직접 문책하는 것입니다. 그런 것을 예방하기 위해서는 모든 교재는 무엇보다도 우선 권위자의 지도를 받아야 합니다. 그뿐만 아니라 각 서나 각 지방관청 내지 각 정당은 교과서에 자신들의 요구를 실으라고 주문합니다. 그런 경우는 대체로 흘려듣기로 했습니다만, 그중에는 장관이나 국장이 직접 주문하는 경우도 있어서 그런 경우는 이쪽에서 직접 가서 그 주문을 공손히 듣고 와야 합니다. 전날 육군청에 갔으면 오늘은 해군청으로, 오늘 우에노

동물원에 갔으면 그다음 날은 고이시카와(小石川) 식물원으로 가는 상황이기 때문입니다. 실은 갇혀 지낼 수 있는 것만은 아니었습니다.

이런 일들을 열거하자면 한도 끝도 없겠습니다만, 하나만 더 덧붙이자면 교과서 조사회라는 무서운 조직이 있었습니다. 이 것은 각계의 대표를 모아놓은 듯한 모임으로 정당도 여당 야당 가리지 않았습니다. 군부도 육해군 각각에서 차출했습니다. 실업계와 학계의 권위자 등도 초빙했습니다. 총 스물 몇 명이었습니다. 문부성 측에서는 차관과 국장이 답변을 담당하지만, 문제가 어려워지면 주변에서 대기하던 저희들에게도 순서가 돌아옵니다. 취지는 훌륭하지만 당시 들었던 소문에 따르면 이런 제도가 성립된 역사에는 에기 카즈유키(江木千之) 등과 같이 고루한 귀족원 의원이 있었다고 합니다.

예로 들면 의회에서 교과서에 사용하는 표기법을 문제 삼았는데, 그것이 잘 풀리지 않아 결국 내각이 총사퇴하는 일도 있었습니다. 그렇게 되지 않게 하기 위해서 사전에 강력한 의견은 미리 말하게 하여 문제가 되지 않도록 대책을 세워 가자고 하는 것이 목표였다고 들었습니다. 의장으로는 당시 이미 교육 현장에서 거물급이던 사와야나기 마사타로(沢柳政太郎)라든가 미쓰지 쥬조(三土忠造) 등이 뽑혔습니다. 격식이 확실한 군부로 말하자면 현역 제일선의 대장 및 중장급이었습니다. 군벌의 육성은 우선 초등학교에서부터 이루어져서인지 꽤나 말솜씨가 좋앉습니다. 그중에는 온건파로 저희들 편이 되어 주는 위원도 있었습니다만, 극히 소수로 기껏해야 대학교수 정도였습니다. 또한 반쯤 조롱으로 괴롭힘을 당하기도 했습니다. 저희들로는 틀린 부분을 지적받는 것이 가장 무서운 일이었습니다. 안타깝게도 일일이 출장 갈 시간이나 예산도 나오지 않기 때문에 저희 쪽 자료는 평소 가지고 있던 서류로 대충 넘어가려고 했습니다. 이에 비해 높으신 분들은 국내를 쉽게 돌아다닐 수 있었습니다. 외국의 교재일 경우에는 감수관을 비롯하여 과장·국장도 외부로 나가 확인할 수 없었습니다. 게다가 저는 구마모토의 제5고등학교 생활에서 세상에는 적어도 청년들에게는 아직 정의라든가 양심이든가 하는 것이 살아 있다는 것을 배웠습니다. 문학의 새싹 같은 국정교과서를 만드는 이상 불의에 항거하는 정신만은 전국의 아동들에게 심어주고 싶다는 의욕에 불타 있었습니다. 상경해서 처음으로 차관을 만나서 "참으로 잘 선택해 주었어요. 온 것을 환영합니다"라는 말을 들었을 때, 이 풋내기의 눈이 빛났다고 한다면 그것은 아마도 무엇보다도 그 의욕을 위해서였다고 생각합니다.

언젠가 그 조사회가 있던 다음날, 급사가 저만 혼자 부르기에 차관실로 갔습니다. 차관이 달래듯이 저에게 이렇게 말하는 것이었습니다.

자네, 어제 자네의 발언은 정말 옳은 말이었어. 하지만 말일세, 그대로 그 교재를 통과시키면 의회에서 또 다시 문제를 삼을 테고 그러면 귀찮아지니까, 부서의 모두 사람들과 논의해서 어떻게든 다른 문장으로 바꿔주지 않겠나. 아직 여유도 있으니까.

하지만 그 여유 중에 정말 순수하게 아이들의 정신을 육성하기 위해서 집필하는 시간이 몇 시간 있겠습니까? 지금 와서 항변해 봤자 아무 소용없지만 말입니다. 아마 과장은 제가 가기 전에 불려가서 원고를 바꾸라는 명령을 받고 이를 수락하고 돌아왔던 것이 분명합니다. 차관이 특히 저를 부른 것은 다음부터 이런 항변은 회의에서 삼가라는 주의사항과 동시에 새로운 원고에 대한 태도를 경계하기 위한 것이었습니다. 새롭게 찾으려고 한다면 이미 정해진 원고와 전후 균형을 고려해서 일을 해야 합니다. 집필 후 부서 의견을 통일한 뒤에 과장부터 차관에 이르기까지 사전검사를 받게 됩니다. 그리고 다음 회의에 임해야만 합니다. 과장이 농담 반 진담 반으로 사직서를 내야 하는 것이 아닌가 생각했다고 하는 말은 듣기에 따라서는 또 이런 일을 반복하면 그렇게 된다는 호의적인 충고로도 들렸습니다.

문부성은 대체로 그러한 곳이었습니다. 하지만 상대가 나빴던 것은 아닙니다. 무지한 제가 실현하지 못할 포부를 가졌던 것이 나빴습니다. 인간이 살아가는 하나의 방법이라는 것을 깨닫게 된다면 그곳은 뜻밖에 살기 좋은 곳일지도 모릅니다. 출세 가도로는 역시 지름길이 될 것입니다. 실제로 일정한 임기를 마치고 어느덧 고등학교 교장이 되거나 대학 학장이 됐습니다. 중의원의 의원에 당선되기도 했습니다. 인간이 살아가는 방법은 여러 가지입니다. 다만 저는 국문학과의 악연을 끊을 수 없었으며, 게다가 당시 어머니를 먼저 보내고 저와 떨어진 곳에서 부처님처럼 여생을 보내고 있었던 연로한 아버지도 저에게 어울리지 않는 관료 생활을 걱정해 주었습니다. 2년 정도 지났을 무렵 손을 떼고 새로 생긴 우라와(浦和) 고교로 돌아가기로 했습니다. 이 2년간은 과연 저의 국문학에 플러스였는지 마이너스였는지, 지금도 목욕탕의 커다란 욕조 안에서 자주 생각해 보곤 합니다. 결론은 잘 모르겠습니다. 이 2년간 관리를 하지 않았다면, 제 국문학은 그만큼 앞으로 나아갔을 것이라는 것은 자연과학의 실험 분야 등에서는 말할 수 있습니다. 하지만 국문학이라는 학문은 좀 더 인간에 직결되어 있습니다. 이런 체험도 생각하기에 따라 역시 하나의 수양이었다고 생각합니다. 이렇게 말하면 또 너무 잘난 척하는 것 같습니다만, "국문학이여, 다시 나는 너(국문학)의 품으로 세상의 파편과 같은 선물을 가지고 돌아왔다. 아무쪼록 용서해 주게"와 같은 의미가 아닐까요?

제6장

우라와 고교에서
유럽 유학으로

우라와 고교와의 인연은 이 학교가 1922년에 창설됐을 때부터입니다. 바로 그때 제5고등학교에서 교장을 지낸 요시오카 쿄호(吉岡鄕甫) 선생님이 새로 생긴 우라와 고교의 교장 선생님이 되어 신임 교수들을 불러 모았습니다. 그때 저는 요시오카 쿄호 선생님을 도와 사람을 불러 모으는 일을 함께했습니다. 선생님에게 부탁을 받고 여기저기 다니면서 후보자의 성적을 조사하거나 했습니다. 국어를 담당할 후보자도 부탁받아 살펴보는 중이었습니다. 제가 문부성 생활에 질렸다고 했더니, "그럼 자네가 와 준다면 서로 잘 아는 사이이고 좋을 텐데"라고 하는 것이었습니다. 우라와 고교에서 보낸 시기와 그 후의 유럽 유학 4년간은 제 인생에서 한 시기를 이루고 있습니다. 뭐라고 할까요? 즉, 수양시대를 지나 제대로 된 연구자가 되어 가는 시기라고 할 수 있습니다.

우라와 고교는 학생의 절반 정도가 도쿄에서 왔고, 교수도 대개는 도쿄에서 다니고 있었기에 도쿄 생활의 연장선과 같은 것이었습니다. 저는 반대로 우라와에 살면서 도쿄 이곳저곳을 다녔습니다. 앞서 제5고등학교에 비해서 우라와 고교의 기숙사 학생들이 극성맞다고 소개했습니다만, 당시의 고등학교다운 면모는 물론 우라와 고교에도 아직 남아 있었습니다. 게다가 문화적인 면은 구마모토와 비교할 수가 없을 정도였습니다.

아마도 두 번째 개교기념일이었던가 아니면 다른 행사였던 것 같습니다. 하우프트만인가 다른 무언가에 관한 연극을 한다고 들었습니다. 그런데 아역이 필요하다며 당시 다섯 살인가 여섯 살이었던 제 장남을 빌려 달라고 하고는 매일 수업 후 집으로 데리러 와서 연습을 시키는 것이었습니다. 본 무대의 당일은 제대로 흰 분을 바르고, 갈색의 바가지 머리를 했습니다. 밤늦게 끝났기에 주인공을 맡았던 학생이 아들을 업고 집까지 데려다 주었습니다. 이 주인공을 맡았던 학생은 나중에 일본공산당에 들어가 어떤 시(市)의 시의원이 되었습니다. 바로 기노시타 모구타로(木下杢太郎)의 조카였습니다. 또한 무대감독을 맡았던 학생은 사노 세키(佐野磧)였습니다. 대학 졸업 후 멕시코로 망명하여 그곳의 명예시민이 된 걸로 알고 있습니다. 이삼 일 전 석간에 그의 부고가 실린 것을 보고 감회에 젖었습니다.

그런 반면에 제5고등학교에서 체험했던 반골반속의 분위기도 빠지지 않고 있었습니다. 기숙사 학생들이 우라와 경찰을 에워싸고, 기숙사에서는 그 학생들을 위해 밥을 지어 나르며 기세를 올렸습니다. 요시오카 교장 선생님은 당당하게 현에 제의하여 결국 우라와 고교 학생들에게 처벌은 없도록 했습니다. 그와는 반대로 서장이 좌천되기도 했습니다. 또한 여학교의 교장 선생님이 우라와 고교가 생기고 나서 그 지방의 예의범절이 나쁘게 됐다고 하자, 학생 대표가 여학교를 방문해서 교장선생님께 사죄를 요구하기도 했습니다.

　게다가 대부분의 교수진이 젊은 사람들이어서 매우 쾌적했습니다. 제5고등학교 때는 마지막까지 38명 중 삼십 몇 번째였을 정도로 젊은 측에 속했던 제가 단번에 34, 5세의 나이로 위에서 네다섯 번째가 됐습니다. 모두 팔팔한 것이 제5고등학교의 공기와는 전혀 달랐습니다. 우라와 고교의 교가는 제가 작사했습니다. 물론 지금 불러보면 우라와 고교 졸업생이 아니면 가사도 곡도 그리 대단하게 느껴지지 않을 것입니다. 다만 그 노래를 보면 제1절이 '크지 아니한가 천지 크지 아니한가 우리들', 제2절이 '아름답지 아니한가 천지 아름답지 아니한가 우리들', 제3절이 '왕성하지 아니한가 천지 왕성하지 아니한가 우리들'과 같이 '우리들'이라는 말을 후렴에 넣었다는 점이 제가 신경을 쓴 부분입니다. 이 '우리들'이라는 것은 하세가와 교제칸(長谷川如是閑)의 『우리들』이라는 잡지에서 그 이름을 따온 것인지의 여부를 주위에서 제게 자주 묻습니다. 그렇다고 말씀드리면 다소 지나칠 수 있겠지만 당시의 소위 다이쇼 민주주의는 그때의 저희들에게는 왠지 꽤 매력적이었습니다. 그 잡지만 하더라도 하나의 세계관이나 사상 같은 것을 분석 판단하여 받아들이기보다는 어느 쪽인가 하면 있는 그대로 심호흡을 하고 휴 하고 숨을 내뱉는 것과 같은 것이었습니다. 결국 '우리들'이라는 말로 행동 면에서나 사상 면에서 성숙하지 못한 것을 노래했습니다.

무엇보다 저희들은 건설적인 것에 대한 가능성을 믿고 싶은 기분으로 가득 차 있었기 때문입니다.

그 교가는 당시 유명했던 히로타 류타로(弘田竜太郎)가 작곡했습니다. 이는 요시오카 교장선생님의 지도에 따른 것이었습니다. 실은 최근에 돌아가신 노부토기 키요시(信時潔)의 이름을 알게 된 것도 이 교가 덕분입니다. 그런데 당시 우라와 고교에서 독문학을 전공했던 1기생 모로이 사부로(諸井三郎)가 그 작곡에 불만을 표하며 자기가 만든 곡을 제 집에 가지고 온 적이 있습니다.

모로이 사브로에 대해 이야기하자면 길어지므로 생략하겠습니다만, 그가 작곡한 것을 그의 피아노 연주로 들으려고 함께 나가던 도중에, "지금 일본의 작곡가 중에서 유망주는 누구인가?"라고 물었습니다. 그러자 곧바로 "노부토키 키요시입니다"는 답변이 돌아왔습니다. 노부토키 키요시만큼 일본의 고전시가에 곡을 붙인 사람은 아마 없을 것입니다. 『만엽집』에도 꽤나 흥미를 가지고 있었습니다. 제가 후쿠오카에 있을 때였다고 기억합니다. 전쟁이 아직 가열되지 않았을 무렵 제게 보낸 편지에서 노부토키는 『만엽집』 권16에 실린 시가(志賀)에 거주하고 있는 아라오(荒雄)의 아내가 부른 노래 십 수를 작곡하고 싶다고 했습니다. 이에 제가 꼭 한 번 시가노섬(志賀島)을 안내하고 그 노래의 참뜻을 전하고자 약속했습니다만, 이후 전쟁이 참혹해지면서 약속을 지키지 못하던 사이에 두 사람 모두 나이가 들었습니다. 이 자리를 빌려 그분이 국문학과 깊은 인연이 있었던 것을 알리고 그분을 애도하고 싶습니다.

지금부터는 우라와 고교에서 함께 일했던 동료 소식을 조금 전하겠습니다. 우라와 고교 때에 일어난 일이라고 한다면 뭐니 뭐니 해도 관동대지진을 꼽을 수 있습니다. 그것이 제 국문학에 커다란 영향을 끼쳤다는 것은 나중에도 말하겠습니다. 동료 중에서는 지진과 관련하여 핫토리 미노루(服部実)의 이름을 빼놓을 수 없습니다. 지면 관계상 크게 다루지는 못하겠지만, 제 일생에서 무정부상태의 실체를 몸소 체험한 것은 지진 후의 며칠간입니다. 2월 26일 사건[129] 때도 그랬을지도 모르겠습니다만, 그때는 제가 경성(京城)에 있었을 때라 리얼한 체험을 하지 못했기에 말할 자격이 없었습니다. 어쨌든 지진을 겪고 사람들은 망연해서 어떻게 해야 좋을지 몰랐습니다. 관동대지진은 선의와 용기가 악의와 모략과 싸우는 대혼란이 사회를 지배한다는 것을 가르쳐 주었습니다. 실은 핫토리는 평생 점잖은 사람으로 선의와 용기로 똘똘 뭉친 사람이었습니다. 저희들이 벼락치기로 오두막집을 짓고 처자식과 계속되는 여진에 떨고 있을 때, 우라와 고교의 교장실로 가서 지금 당장 학생들을 모아서 도쿄에서 우라와로 피난 오는 시민들을 보살피거나, 도쿄에 있는 교직원이나 학생들의 동정을 조사해야 한다고 마치 꾸짖기라도 하듯

---

129) 1936년 2월 26일부터 2월 29일에 걸쳐서 일본 육군 황도파(皇道派)의 영향을 받은 청년 장교들이 일으킨 쿠데타다. 이 사건으로 오카다(岡田) 내각이 총사퇴했다.

이 건의했습니다.

교장 선생님, 교감 선생님, 각 부서의 과장 등도 처음에는 본청과 연락을 취한 후에 하자고 했던 것 같습니다만, 그런 관료적인 절차는 파괴된 질서를 회복하기에는 너무나도 무력하다는 것을 알게 됐습니다. 이후로는 이 젊은 핫토리 미노루의 실력을 추종하는 것 말고는 달리 방법이 없었습니다. 바로 지역에 있던 우라와 고교의 학생들을 소집하여 조직을 만들어 국철이나 나카센도(中山道)¹³⁰⁾ 거리의 질서를 유지하는 데 보냈습니다. 저도 한 부대의 학생들을 인솔하여 도쿄에 있는 직원과 학생들의 동정을 조사하러 나갔습니다. 앞장에서도 언급했듯이 도쿄제대 앞에서 인쇄공장을 하던 친척집에 머무르며 매일 분담하여 각 구(區)를 찾아가서는 대피한 곳을 확인하고 우라와에 돌아가서 보고하곤 했습니다. 돌아와서 보니, 출산한 지 얼마 안 된 간다의 채소가게 아주머니를 다른 학생들이 제 집에 트럭으로 데리고 와서 놀랐습니다. 그때는 학생들도 일을 참 잘했습니다. 그런 행동의 에너지원은 실은 핫토리 미노루에서 나온 것이라고 해도 결코 과언이 아니었습니다. 농학사 겸 법학사로 아직 학생 티를 벗어나지 못한 사람이었는데 법학통론인지 뭔지를 담당했습니다.

지진 관련 사항은 '국문학 50년'에는 그다지 관계없다고 생

---

130) 에도 시대에 만들어진 다섯 가도(街道) 중의 하나다. 에도의 니혼바시(日本橋)와 교토의 산죠오하시(三条大橋)를 내륙 경유로 연결한 길이다.

각할지도 모르겠습니다. 하지만 젊은 혈기의 소치로 당시 생각했던 것은 국문학이든 영문학이든 독문학이든 학문이라는 것은 본래는 당연히 아주 조용한 것으로 그 조용한 모습이 마치 숲과 같은 것이어야 한다는 신념입니다. 하지만 이러한 대재앙을 만난 경우에는 적어도 이런 선의와 용기가 넘쳐나야만 한다고 생각했습니다. 대지진은 제 국문학과 전혀 관계가 없는 것은 아닙니다.

우라와 고교의 동료 중에서 아직 이야기하고 싶은 사람이 많이 있습니다. 한 사람만 더 언급하겠습니다. 그는 신화학(神話學)을 담당하던 마쓰무라 타케오(松村武雄)입니다. 마쓰무라 타케오는 당시 도쿄제대에서 강사를 겸하며 우라와 고교의 영어 교사로 일했습니다. 아마 몇 년 선배였던 것 같습니다. 나중에 제가 런던에서 옥스퍼드로 옮겨 갔을 때 처음 묵었던 집이 10파크타운(Parktown)이라는 곳이었습니다. 마쓰무라가 이전에 머물던 집이었습니다. 그곳의 아주머니가 당신이라면 괜찮겠지만 마쓰무라는 아침에 일어나면 우선 책을 읽고, 그런 후에 아침식사를 하고 밤에도 잠이 들 때까지 계속 책을 읽었다고 했습니다. 그렇게 해서는 노이로제에 걸리게 될 것이라고 말했습니다. 아주머니가 지적한 대로 마쓰무라는 우라와 고교 때부터 거의 독서를 쉰 적이 없었습니다. 우에노에서 우라와로 가는 기차에서는 물론 우라와 고교에서도 수업과 수업 사이의 쉬는 시간 10분이라도 책을 멀리한 적이 없었습니다. 대체로 그런 시간을

<마루젠>131)

이용하는 것만으로도 마루젠(丸善)에서 구입한 새 책을 한 권씩
다 읽어 버린다는 소문이 학생들 사이에 번졌습니다.

게다가 저희들이 뭔가에 대해서 참고서를 물으면 다음에 만
날 때까지 리스트를 만들어 가르쳐 주거나 의미를 모르는 부분
에 대해서 질문하면 독서 중인 책을 겨드랑이에 낀 채로 친절
하게 한 문장 한 문장을 가르쳐 주었습니다. 마쓰무라도 또한
제 우라와 시절의 커다란 수확이었습니다.

저도 우라와 고교에서 근무하면서 도쿄제대의 강사를 겸하고
있었습니다. 지금의 시간강사는 아니었습니다. 연봉 삼백 엔의

131) 대형 출판사의 하나다. 1869년에 창업했다.

강사에 지나지 않았기 때문에 가가햐쿠만고쿠(加賀百万石)132) 의 유물로 각 학부 교수들의 클럽과 같았던 그 유명한 야마노 우에고텐에서 담소를 즐기는 것은 허락되지 않았습니다. 강의 시간에는 한결같이 지각을 하였고 게다가 시간이 끝나도 개의 치 않고 이야기를 이어갔으며 수업이 끝나면 재빨리 한걸음에 우에노역으로 서둘러 갔습니다. 그렇다고는 하지만 히로코지(広 小路) 부근의 서서 먹는 가게에서 스시를 사먹거나 장어집 등에 도 들리기도 했습니다. 당시의 도쿄제대의 학생에 대해서는 전 혀 알지 못했습니다.

도쿄제대에서의 강의입니다만, 후지무라 쓰쿠루 선생님이 무 엇이든지 네가 공부하고 있는 것을 하라고 했기에 '중세의 서사 시 문학'이라는 제목으로 당시 공부하고 있던 내용을 그대로 수 업했습니다. 졸업 이후 사정상 제5고등학교나 문부성에서는 할 수 없었던 것을 공부한 것입니다. 영어의 서사시론을 인용하여 『헤이케이야기』, 『호겐이야기(保元物語)』, 『헤이지이야기(平治 物語)』 등의 문학론을 염두에 두고 다루었던 것이기에 생경한 것이었습니다. 재작년 제 희수 축하연에서 시오다 료헤이(塩田 良平)가 "한 시간 들어봤습니다만 묘하게 어려워서 그만두었습 니다"라고 말하면서 인사를 건넸습니다만, 참으로 적절한 평가 였습니다.

---

132) 일본에서는 예전에 토지의 생산성을 석(石)이라는 단위로 표시했다. 가가백만석이 라 함은 100만 석의 가가번(加賀藩)(현재의 이시카와현(石川県)) 혹은 가가번 자 체를 나타낸다.

여기에서 잠시 후지무라 쓰쿠루 선생님에 대해 이야기하고 싶습니다. 후지무라 선생님은 후지오카 사쿠타로(藤岡作太郎) 선생님의 후임으로 도쿄제대에 부임한 분입니다. 모두가 기대하고 있던 차에 근세문학을 담당하게 됐습니다. 우선 '여기에 나폴레옹입니다'라는 것이 강의의 시작입니다. 모두가 아연실색했습니다. 어떤 강의인가 보니 실은 그렇게 놀라울 정도는 아니었습니다. 무슨 말인고 하니 저희들이 깜짝 놀랄 만한 첫머리로 시작한 강의였지만, 내용은 그 정도가 아니었습니다. 그렇게 말하면 너무나도 실례가 될지 모르겠습니다만, 실은 후지무라 선생님의 업적을 찬양하기 위한 전제입니다. 후지무라 쓰쿠루 선생님 자신은 후지오카 사쿠타로 선생님의 후계자로 그분의 강의를 이어서 한다는 점에서 굉장히 노력했을 것입니다. 하지만 훗날 생각해 보니, 당시의 국문학이 후지무라 선생님에게 기대하고 또한 감사해야 하는 것이 별도로 있었던 것 같습니다. 그 하나가 당시는 아직 국문학 전문 잡지가 없었던 때입니다. 즉, 저희들은 어떤 연구를 하더라도 그 성과를 발표할 곳을 가지지 못했습니다. 저희들은 학술지를 열망하여 서로 자주 이야기했습니다만 당시 연구실의 사카에다 타케이(榮田猛猪) 조수 등은 그렇게 원한다면 당신들이 만드는 데 좀 더 수고해야 한다고 자주 말했습니다. 하지만 저희들에게는 아직 그만한 실력이 없었습니다. 그랬던 것을 후지무라 선생님이 자신의 실력으로 책방과 교섭해서 저희들에게 만들어 주었습니다.

『일본문학대사전』만 하더라도 그렇습니다. 이번에 크게 개정하여 내용을 바꿨고, 『일본문학대사전』의 소사전(小辭典) 같은 것이 나오는 것 같습니다. 어쨌든 그때까지 아무것도 없었던 곳에 그런 큰 계획을 세웠던 것이 바로 후지무라 선생님이었습니다. 위로는 고대에서 현대에 이르는 일본문학, 게다가 신화도 극(劇)도 민속도 역사도 갖추고 있는 방대한 내용의 일본문학백과사전을 만드는 것을 할 수 있는 사람은 하가 선생님도 후지오카 선생님도 아닌 그 누구도 아니었습니다. 사립대학이라면 할 수 있을 것 같습니다만, 당시의 사립대학에는 좀처럼 그만한 능력이 없었습니다. 후지무라 선생님이 당시의 국문학자를 통솔해서 주도면밀하게 게다가 대단한 정치력을 발휘해서 비로소 성공한 사업이었습니다. 선생님은 젊었을 때 꽤나 고생한 분으로 정계에 진출했다면 정치가로도 멋지게 성공할 분이었습니다. 다만 그것을 하지 않은 것은 정계에 뛰어들기에는 선생님의 성격이 너무나 깨끗했기 때문이라고 생각합니다.

앞에서도 이야기한 것처럼 후지오카 선생님의 후계자를 찾을 때도, 하가 선생님의 말에 따르면 후임은 후지오카가 가장 높이 평가한 사람을 채용한다고 했습니다. 참으로 하가 선생님다운 태도를 보였다고 생각합니다. 후지무라 선생님은 그렇게 뽑힌 분이었습니다. 게다가 어렸을 때부터 세상에 밝은 분이었습니다. 즉, 정치, 실업, 군부 등 어디에도 잘 맞는 분이었습니다. 그러기에 국문학에도 잘 맞은 것입니다. 이상하게 들릴 수 있겠습니다만, 후지오카 선생님은 자신이 가지고 있지 않은 것을 가지고 있었기 때문에 후지무라 선생님을 높이 평가했는지도 모르겠습니다. 그때 가장 필요했던 것은 도쿄제대의 학생이나 졸업생이 발표할 수 있는 기관을 가지는 것이었습니다. 또 하나는 젊은 학자들의 힘을 결집해서 대백과사전을 내는 것이었습니다. 그러한 사정을 후지무라 선생님은 충분히 이해하고 용의주도하게 진행했습니다. 하가 선생님은 졸업생이 놀러왔을 때, 마침 구인을 부탁하러 사람이 오거나 하면 아무렇지도 않게 여기에 딱 알맞은 사람이 있다고 말하면서 그 졸업생을 추천하곤 하는 그런 대단한 사람이었습니다. 하지만 후지무라 선생님은 그렇지는 않았습니다. 사람을 필요로 하는 곳은 어디인지, 후보자의 고향은 어디인지 등 양쪽을 상세히 살펴보고, 끝내는 진중한 태도로 최적임자를 추천하는 분이었습니다. 그런 대단한 사람이었습니다. 두 분 다 대단했지만 그 대단함이 다른 것 같습니다.

그래서 그러한 주도면밀함으로 『국어와 국문학』이라는 잡지에 대해 사전에 이런저런 이야기를 하고 저희들의 이야기도 충분히 들은 후에 발행소는 어디가 좋은지, 여러 조건을 달고 검토한 결과, 발간의 단계에 이르게 된 것입니다. 이 출판에 따라 얼마나 많은 국문학자들 특히 젊은 사람들이 발표할 수 있게 됐는지 모릅니다. 그때까지는 넘버스쿨의 구마모토와 가고시마에서는 무엇을 쓰더라도 발표할 곳이 전혀 없었습니다. 당시 학위논문 따위는 신(神)이 하는 일로 젊은 연구자가 스물이나 서른 살에 하는 일이 아니라며 알아서 포기하던 시대였습니다. 결국 공표할 잡지도 없었기에 발표할 의욕마저도 상실했던 실정이었습니다.

『일본문학대사전』은 학벌 등을 넘어서 말하자면 국문학자를 총동원하여 모두 신슈(信州)의 가미야마다온천(上山田溫泉)에서 작업했습니다. 그 무렵은 아직 야취(野趣)가 있는 온천이었던 것 같습니다. 그곳을 총사무소로 하여서 여름방학이 되면 후지무라 선생님이 반드시 그곳에 오곤 했습니다. 그리고 주요 멤버로는 하시모토 신키치, 히사마쓰 센이치(久松潜一), 슈즈이 켄지(守随憲治)였습니다. 저도 조선에 있었습니다만, 돌아오면 가장 먼저 그곳에 가서 여러 이야기를 듣거나 회의를 하거나 했습니다. 결국 한 항목을 담당하여 집필했습니다. 사전 편찬 작업은 국문학자 전부에게 일자리를 준 셈입니다.

앞뒤가 바뀌었습니다만, 저는 경성에 가기 전에 유럽에 유학을 갔습니다. 그 경위 등을 조금 이야기한 후에 그다음 시절로 이동하겠습니다.

경성의 신설 대학 곧 경성제국대학에 오지 않겠느냐는 제안을 받은 것은 하가 선생님의 천거가 있었기 때문입니다. 이 또한 모두 비밀일지도 모르겠습니다만, 관계자들은 이미 이 세상 사람들이 아니기에 공개해도 괜찮을 것입니다. 핫토리 우노키치(服部宇之吉) 선생님이 초대 경성제대 총장이었는데, 그 핫토리 우노키치 선생님이 하가 선생님에게 국문학을 담당할 사람에 대해서 의논했습니다. 하가 선생님은 우선 하시모토 신키치를 추천했습니다. 그런데 그는 경성 등에서는 일이 많기에 자신의 공부를 할 수 없다는 이유로 거절했습니다. 대단한 사람입니다. 그래서 그다음으로 제게 온 것입니다. 하지만 감사히 생각했던 것은 하가 선생님이 훗날 "자네도 아버님이 돌아가셨으니까"라고 말한 것입니다. 아버지는 1923년 4월 26일에 작고했습니다. 아버지가 있었다면, 제3, 제4의 후보자에게로 갔을지도 모르겠습니다. 제가 제2후보로 뽑혔던 것은 아버지가 있었다면 멀리 떨어진 경성으로 가서는 효도할 수 없을 것이라는 배려가 있었던 것입니다. 메이지 사람은 이렇게 사람을 감동시키곤 하였습니다. 이야기 순서가 또 뒤에서부터 시작됩니다만, 핫토리 선생님이 하가 선생님에게서 말씀을 듣고는 저를 불러 "하가 선생님이 자네를 추천했는데 오지 않겠는가"라고 말했습니다.

저는 그때 경성제대 부임 추천 건으로 아직 하가 선생님과 만나지 않았습니다. 처음에는 물론 거절할 작정이었습니다. 그 자리에서 한마디로 거절하는 것은 좋지 않다고 생각하여 어느 쪽이든 돌아가서 생각해 보겠다고 말씀드릴 작정으로 핫토리 선생님 댁으로 향했습니다. 그다지 내키지 않은 마음이었는데 선생님 말씀을 듣고 있자니 점점 흥미로워졌습니다. 올해부터 예과가 발족할 예정이니까, 학부가 생기기까지는 2년이라는 시간이 있다는 것입니다. 그리고 그 2년 동안은 유럽에 갔다 와도 좋다는 것입니다. 지금이라면 유럽은 누구라도 갈 수 있습니다만, 그 당시는 사정이 달랐습니다. 실제로 후지무라 선생님 등은 외국에 가도 소용이 없다고 말씀하며 처음부터 가지 않았습니다. 하가 선생님과 우에다 카즈토시는 유학 경험이 있었습니다. 국문학 분야에서 유럽으로 간 사람은 그야말로 손꼽을 만큼 별로 없던 시대였습니다. 외국에 가는 것이 왜 호기심을 끌었던가 하면, 실은 저는 어릴 때부터 그림을 좋아했습니다. 제5고등학교 때에도 학생들과 스케치 모임을 만들기도 했습니다. 그런 까닭으로 핫토리 선생님의 이야기를 들으면서 생각했던 것은 국문학자로서 그림을 보고 올 다시없는 기회였습니다. 2년간 유럽의 이곳저곳에 그림을 보러 다니는 것은 얼마나 즐거울까 하고 상상했습니다. 그것이 다른 어떤 것보다 먼저 제 마음을 차지했습니다. 처음 계획대로 어느 쪽이든 좀 생각한 후에 답을 드리겠다고 말씀드리고 댁을 나왔습니다만, 실은 돌아오는 도중에 이미 가기로 마음먹었습니다. 다음 이야기는 가기로 한 자신에 대한 변명 같은 것일지도 모르겠습니다.

그 변명으로 그럴 듯한 것은 얼마든지 있습니다. 구마모토에서 상경한 제가 의지해 왔던 고향과 같은 존재인 대학의 도서관이나 국어연구소가 1923년에 발생한 관동대지진으로 전부 불타서 거의 한 권의 책도 남아 있지 않았습니다. 도쿄에서 책을 읽으러 갈 만한 곳이 한 군데도 없게 됐습니다. 구마모토와 조금도 다를 바가 없는 상태였습니다. 하지만 핫토리 경성제대 총장이 "경성에 와준다면 자네의 국문학 관련 도서비용은 자네가 원하는 만큼 적어도 ○○만 엔 정도는 사게"라고 말했습니다. 당시 그 금액으로 그만큼의 책을 어떻게 모을 수 있을까 하고 생각할 정도로 좋은 조건을 내걸었습니다. 그렇다면 경성으로 가는 것이 쓸쓸히 폐허를 돌아다니는 것보다 좋다고 생각했습니다. 솔직히 말해서 경성에 가도 술은 있고, 기생도 예쁘다고 하니까 그렇게 생각했던 것입니다.

1924년 가을에 영국으로 갔습니다. 배로 갔습니다. 영국에서는 영어를 쓰니 말은 비교적 자유로웠습니다. 프랑스어나 이탈리아어는 전혀 못했습니다. 그리하여 영국에 체류하면서 프랑스와 그리스, 렘브란트의 나라 네덜란드, 그 밖에 스페인과 스칸디나비아 등으로 여행가는 꿈의 나래를 펼쳤습니다. 그런데 직접 가보니 문부성이 주는 유학비는 당시의 금액으로 한 달에 475엔이었기에 제 꿈은 반이나 접어야만 했습니다.

런던에 도착하자마자 대영박물관을 다녔습니다. 영문학자이며 시인이기도 한 사토 키요시가 제가 영국에 머무는 동안 유일한 지도자였습니다. 그곳에 방문한 도요다 미노루(豊田実)가 "이런 곳에 있는 것은 비경제적으로 좋지 않습니다. 옥스퍼드로 와 보세요. 조용하고 무엇보다 생활비가 쌉니다"라며 추천했습니다. 게다가 런던은 안개로 어두워졌을 때 시야가 3척 정도밖에 되지 않았습니다. 옥스퍼드에서는 교통기관이 멈춘다는 것은 절대로 있을 수 없는 일이라고 하기에 3월경에 도요다 미노루를 따라서 이 학원도시로 견학을 가 보았습니다. 과연 깨끗한 곳으로 이곳에서 여름을 보낸다면 얼마나 좋을까 하는 생각에 이사를 했습니다. 이런 상황으로 제가 옥스퍼드로 간 것은 실은 공부하기 위함은 아니었습니다. 유학 그 자체가 특별히 영문학을 공부할 목적이 아니었기 때문입니다.

제가 받은 임무는 '문학연구법 연구를 위해'라는 것으로 영국, 미국, 독일, 프랑스로 출장 근무를 명한다는 것이었습니다. 제 생각으로는 문학연구법이라는 것 자체가 엄밀하게는 까다로운 주제였습니다. 독일에서는 독일의 세계문학적인, 프랑스에서는 비교문학적인, 영국에서는 영국풍의 좀 더 고전에 밀착한 것이 있었습니다. 그런 것을 하나하나 비교해서 일본문학을 어떻게 연구할까 하는 방법을 겨우 2년도 안 되는 시간에 연구해 가자고 하는 마음은 사실 제게는 털끝만큼도 없었습니다. 그냥 어슬렁어슬렁 돌아다니던 중에 자연스럽게 문학을 알게 됐다기보다는 제 경우 그림을 통해 문학을 포함한 일반 예술이라든가, 시인이라든가 하는 이미지를 어렴풋하게 보게 됐습니다. 이런 점에서 느끼는 바가 커서 일본문학을 다시 생각해 보자고 마음먹기에 이르렀습니다. 그렇다고 해서 자연과학처럼 노벨상을 탄 모 교수의 연구실 등에 자리를 잡고 차분히 일해 보자는 기특한 마음은 없었습니다.

영국에서 10개월 정도 있었습니다만, 그 10개월 동안에 실은 스칸디나비아에 가려고 생각했습니다만 갈 수 없었습니다. 그 대신이라고 한다면 좀 이상하게 들리겠지만, 워즈워스를 좋아했던 제가 마침 런던에 있을 때였습니다. 사토 키요시에게 대체로 마쓰오 바쇼(松尾芭蕉) 등과 같이 자연히 고개가 숙여지는 사람을 영국의 시인에서 찾는다면 누가 있을까 하고 물었습니다. 그는 주저하지 않고 워즈워스라고 대답했습니다. 워즈워스라면 저도 원래 좋아했습니다. 그런 이유로 옥스퍼드에 있는 동안에 셰익스피어의 스트랫퍼드, 키츠의 런던을 견학했습니다. 워즈워스의 호반만은 좀 다른 의미로 가 보고 싶어서 혼자서 10일 동안 돌아다녀 봤습니다. 그 성과가 훗날 제가 출판한 『호반』이라는 제목의 조금 독특한 책입니다.

옥스퍼드에서는 강의도 들었습니다. 또한 19세기 말부터 20세기에 걸쳐 유행했던 유행가책을 텍스트로 어떤 아주머니 댁에 다니면서 민요에 대한 체험을 들었습니다. 또한 도서관에서 아주 옛날 난죠 분유(南条文雄) 박사가 정리해 온 일본의 목판본을 즐겼습니다. 그런 추억이 너무나 많습니다.

영국 다음으로는 프랑스로 갔습니다. 프랑스에는 가을 중에서 가장 좋은 시기를 골라서 갔습니다. 파리에는 루브르가 있습니다. 프랑스행은 순수하게 말하자면 그림을 보러 간 것입니다. 문학에 뭔가 도움이 되는 것을 찾아보자는 생각은 조금도 없었습니다. 1924년이라면 지금과는 사정이 전혀 달랐습니다. 일본에서 서양화를 원화(原畵)로 거의 볼 수 없었습니다. 다만 그림을 사고파는 상인이 한 해에 한 번이나 두 번 유명한 화가의 작품을 가지고 오는 정도입니다. 그것도 십 몇 점입니다만, 그중에는 예를 들어 제가 좋아하는 세잔 등은 한 장인가 두 장 있을 뿐입니다. 르누아르도 꽤 봤고 고흐도 봤습니다. 고흐의 <해바라기> 등은 그러한 기회로 두 번 다시 보지 못할 수 있다는 마음으로 진지하게 봤던 것 같습니다. 오늘날 사람들에게는 믿을 수 없는 신화입니다만, 진본을 보고 싶다면 본 고장으로 가는 것 말고는 방법이 없었습니다.

저는 처음에는 물론 근대회(近代畵)에 많은 기대를 걸고 갔습니다. 적어도 인상파 이후의 작품에 대해서 말입니다. 기노시타 모쿠타로 주변에 리처드 무터가 있었고, 이 사람의 비교적 상세한 소개에 매료됐기 때문입니다. 그런데 가서 보고 놀란 것은 고전이었습니다. 이탈리아 부근의 특히 프레스코 등은 그때까지 유화밖에 몰랐던 제게는 사진판 같은 것으로 상상했던 것과는 전혀 다른 것이었습니다.

대개 중국 요리라면 느끼한 맛을 연상합니다만, 광둥성(広東) 요리는 그와 달리 담백하다고 설명하는 것과 같은 차이입니다. 역시 남국의 예술은 북방의 예술과 달랐습니다. 그리고 르네상스 시대의 거장을 빼놓을 수 없습니다. 레오나르도나 미켈란젤로 혹은 보티첼리를 보더라도 그런 사람들이 모두 굉장히 강한 자아를 주장하고 있는 것은 정말 경이로웠습니다. 이런 것은 영국의 내셔널갤러리에서 처음 느꼈고, 루브르를 거쳐 이탈리아의 본 고장을 돌아보며 마침내 심각하게 느끼게 됐습니다. 게다가 렘브란트는 작품이 많은 만큼 여기저기서 봤습니다. 다만 그가 살았던 암스테르담을 방문하지 못했던 것은 평생 유감스러운 일입니다. 그럼에도 그때의 여정은 제 학문에 큰 도움이 됐습니다. 이런 말을 하면 웃겠지만 괴테가 이탈리아에 가서 직접 이탈리아의 예술이나 조각 등을 본 것이 그에게 커다란 영향을 줬다고 합니다. 저도 나름대로 서구의 고금(古今) 예술을 눈으로 직접 보고 커다란 감동을 받았습니다. 이에 대해서 좀 변명을 하자면 어떤 곳에서 2개월, 또 다른 곳에서 3개월 체류하면서 문학연구법을 조사하는 것보다도 대단히 큰 수확이었습니다. 직접 체험하는 것이야말로 '문학연구법 연구'의 가장 근본이라고 생각했습니다. 역시 거짓이 아니었다는 것을 느낄 수 있었습니다.

또 다른 하나는 서구의 자연이든가 풍토든가 그러한 것에 대해서도 같은 것을 배울 수 있었습니다. 옥스퍼드라는 곳은 템스 강의 상류 차월(Cherwell)이라는 곳에 있습니다. 봄에 가보면 넘칠 듯이 충만한 녹야지대로 벚꽃도 피어 있고 뻐꾸기도 울어대는데, 그 모습은 뭐라고 형용할 수 없는 시의 경지였습니다. 하지만 여름이 되자 완전히 기대 밖의 풍경으로 바뀌었습니다. 이 지방의 여름은 하루 종일 마치 저녁뜸과 같이 바람이 불지 않는 상태였기 때문입니다. 저는 이집트에서 온 학생과 같은 하숙집에 있었습니다만 그는 자신의 고국 쪽이 훨씬 지내기 좋다고 했습니다. 즉, 무풍지대에서는 녹음이든 뭐든 아무런 의미가 없다는 것입니다. 워즈워스가 서곡의 첫머리에서 산들바람, 즉 미풍이라는 것에 대한 감사함을 예찬하는 것은 그가 이러한 무풍으로 고통을 받다가 결국 호반으로 돌아와서 그곳에서 맛본 산들바람의 체험으로 그의 삶이 무언가를 상징하게 됐다는 것입니다. 그런 체험을 하면서 비로소 절실히 알게 된 것 같습니다.

파리에는 겨우 반년도 되지 않은 기간 동안 체류했기에 특별히 말할 것은 없습니다. 다만 가장 지내기 좋은 계절에서 겨울로 접어드는 시기에 루브르에서 숲 가까이에 위치한 숙소로 돌아가는 저녁시간 등은 낙엽을 직접 몸으로 느낄 수 있던 시간이었습니다. 이것은 프랑스어를 모르는 한 사람의 이방인이 느끼는 쓸쓸함에 지나지 않았을지도 모르겠습니다.

이탈리아는 고인이 된 이노우에 타케시(井上赳)와 둘이서만 돌아다녔습니다. 스위스, 독일, 오스트리아, 게다가 네덜란드나 덴마크 등은 기차를 타고 지나가면서 보는 것이 전부였으니 그 허망함은 말로 다 표현할 수 없었습니다. 이노우에 타케시는 예전에 문부성에서 책상을 나란히 하고 자주 관공서의 문제점에 대해 욕을 같이 했습니다. 동료라기보다는 오히려 동지에 가까운 사람입니다. 저보다 이삼 년 젊은 국문학자였습니다. 저처럼 도망치지도 않고, 그렇다고 해서 관료화도 되지 않았으며 국정독본(国定読本)[133]을 끝까지 지켜나간 사람이었습니다. 우연히 문부성에서 출장을 왔기에 행운이라고 생각하여 둘만의 이탈리아 여행을 계획했습니다(자세한 내용은 그의 책인『일본에서 일본

---

133) 보통 독본이라는 것은 교과서를 의미한다.

으로』의 제1장에 나와 있습니다. 거기에 T라는 가명이 저입니다. 그와 함께한 추억은 많이 있습니다만 여기서는 생략하겠습니다).

이탈리아에 대해서는 일개 관광객에 지나지 않았습니다. 따라서 저로는 그 풍토에 대해서 말할 자격은 없습니다. 다만 그예술 특히 회화에 대해서는 다소 예비지식도 있었으며 게다가 런던이나 파리에서 거장들의 작품을 천천히 둘러볼 기회도 적지 않았기에, 이탈리아 여행은 말하자면 그들의 작품에 관해서는 제 나름대로의 마무리와 같은 의미도 있었던 것 같습니다.

차츰 일정이 촉박하여 독일을 그냥 지나쳐 버렸던 것 또한 제게는 대단히 유감스러운 일 중 하나였습니다. 제5고등학교에 대해 이야기할 때 언급했던 사쿠마라가 당시 독일에 있었습니다. 참으로 요령 있게 함께 맥주를 마시거나 연극을 보러 가거나하면서 안내해 줬습니다. 하지만 2주 정도 있었기에 독일의 미술에 대해서 본 고장에서 알 수 있는 것은 전혀 없었습니다.

유학 중 가장 인상에 남았던 것은 역시 피렌체에서 프라 안젤리코가 지냈던 산마르코를 방문한 것입니다. 안젤리코는 15세기 전반에 이 산마르코라는 성당에서 살고 있었습니다. 그는 참으로 순수한 신앙을 가진 사람이었으며 동시에 최고의 예술 창조자였습니다. 산마르코에는 그가 지내던 방이 지금도 그대로 남아 있었습니다. 그 방에 작은 가브리엘의 그림이 있었는데, 그 그림을 봤을 때의 감동은 지금도 기억하고 있습니다. <모나리

174

자>도 아니고 <최후의 만찬>도 아닙니다. 문학에서도 최고를 꼽으라면 이와 같이 투명하고 순수하며 인간적인데다가 사람과 거리를 둔 것, 자연스러운 데다가 어딘가 초자연적인 것이 아닐까 하고 그때 공상을 했습니다. 공상에 지날 뿐이지만 말입니다.

렘브란트에 대해서 한마디만 하겠습니다. 프라 안젤리코와 나란히 하지만 그와는 전혀 이질적인 화가가 예전부터 오늘에 이르기까지 이른바 제 '국문학 50년'을 일관해서 매혹시켰습니다. 렘브란트입니다. 제가 서구에서 머무른 2년 동안 가는 곳마다 그의 걸작을 접할 수 있었습니다. 하지만 프라 안젤리코가 지냈던 산마르코와 같이 그의 초점을 잡아내는 것은 끝내 하지 못했습니다. 프라 안젤리코의 기쁨과는 대조적으로 비극을 메우고 있던 네덜란드도 유럽에 체재하는 동안에 보지 못하는 등, 그야말로 보람 없이 일본에 돌아와 버렸습니다. 지금 생각해도 참으로 유감스러운 일이었습니다. 제가 근무하는 여자대학[134]의 제자 하나가 나고야의 중학교에서 십 몇 년 동안 교사를 하고 있는데, 그 제자가 이번 여름에 단체여행으로 20일 남짓 서유럽을 갔다 왔습니다. 출발하기에 앞서 암스테르담에도 들린다고 하기에 렘브란트의 선물을 요청했더니 그 유명한 <야번(夜番)>의 복제품을 사다 주었습니다. 서재에다가 이 귀여운 복제품을 장식해 두고는 매일매일 즐기고 있습니다. 제 자신이 갈 수 없었던 분풀이 같은 것입니다.

---

134) 아이치현립여자대학교(愛知県立女子大学)에서 총장으로 역임한 적이 있다.

어쨌든 짧은 유럽 유학이 제 국문학에 무엇을 남겼을까요? 『호반』을 읽어 준 분들이 자연 내지는 풍토와 인간을 전체적으로 통일해서 다루고 있는 방법에 흥미로웠다고 말해 주었습니다. 여기서 이러니저러니 결론 같은 것을 말하는 것은 아직 이릅니다. 과제로 남겨두고 싶습니다. 머지않아 제 유언으로 내일의 국문학자들에게 말을 남길 때까지 기다려 주었으면 합니다. 다만 하가 선생님이 독일에서 독일문헌학을 가지고 돌아온 후로 30여 년이 지나 제가 유럽으로 간 것입니다만, 그 30년간에 국문학은 점점 세상에서 시민권을 가지게 됐으며 새로운 학자도 배출했습니다. 그런 세상이기에 새로운 학문의 가능성도 기대할 수 있을지도 모르겠습니다. 무엇보다 하가 선생님의 학문은 그 자체만으로도 좋다고 생각합니다. 선생님의 학문은 처음부터 국학이라는 하나의 사상, 사유의 세계입니다. 그 사유의 세계를 독일의 언어학과 같은 사유의 세계와 비교하고 있기에, 이른바 문학연구법이 아닌 어떤 사유의 세계에 대한 어프로치로도 상당히 의미가 있습니다. 그리고 그것이 문헌학적인 것에 담겨 있는 철학적인 관념론에서 해방되는 하나의 출구 같은 것이라고 생각합니다. 그런데 문학이라는 것의 정체를 그것으로 파악할 수 있을까에 대해서는 다시 고려해야 한다고 생각합니다. 만약 제 문학론에 새로운 가능성이 있다면 바로 거기에 있습니다. 하지만 그러한 가능성과 동시에 아리스토텔레스 이후라고 할지, 동양에서 예를 들자면 『문경비부론(文鏡秘府論)』135) 이후라고 할지, 어쨌든 역사와 사유를 제외해 버리고 이른바 기술론에 빠지게 되는 또 다른 별개의 위험한 가능성도 생각해 볼 수 있습니다. 어려운 점입니다.

---

135) 헤이안 시대 전기에 편찬된 문학이론서로 전 6권으로 구성되었다. 중국의 육조(六朝) 때부터 당나라에 이르기까지의 시문 창작이론을 정리한 것이다. 당나라 시대 장안에 유학했던 승려 구카이(空海)가 귀국 후 9세기경에 완성했다고 한다.

제7장

대학교수 시절

유학에서 돌아온 것은 다이쇼시대(1912~1926) 말기였습니다. 제가 유학하고 있을 때에도 국문학이라는 학문은 꽤나 성장했습니다. 무엇보다 제게는 부재중에 일어난 일이기에 이 이야기는 귀국 후 선생님이나 친구들에게 들은 이야기도 섞여 있을지도 모르겠습니다. 예를 들어 저와 가장 가깝게 지냈던 학생 가운데 시마즈 히사모토(島津久基)가 있습니다. 시마즈 히사모토는 국문학에 가장 정통자인 동시에 하가 선생님의 계보에 가까웠습니다. 또한 후지오카 선생님의 학풍도 존중하고 있어 한발 한발 그 방향으로 나아간 것 같습니다. 그것이 국문학의 정통적인 방향이라고 본인도 믿고 있었습니다. 졸업 논문은 「기케키(義経記)」[136]로, 즉 기케전설(義経傳說)이라는 것을 썼습니다. 점점 『겐지이야기』로 가까워지면서 만년은 『겐지이야기』 전문가 되었습니다. 물론 시마즈만이 아니라 젊은 국문학자들은 이 시대부터 각자 자기의 학문을 형성하기 시작했다고 합니다.

이 시기에 오자키 요시에(岡崎義恵)의 문예학, 오리쿠치 시노부(折口信夫)의 민속학이 인정받기 시작했습니다. 그 이전에 쓰

---

136) 미나모토노 요시쓰네(源義経)와 그 주종(主從)을 중심으로 적은 전쟁이야기다. 남북조시대부터 무로마치시대 초기에 성립되었다고 전한다. 노와 가부키 그리고 인형조루리 등 후세의 많은 문학작품에 영향을 끼쳤다.

다 소키치도 주목받았습니다. 그리고 히사마츠 센이치의 『일본 문학평론사』도 있습니다. 순수하게 국문학이라고 말할 수 있는 영역에서 히사마츠 센이치는 그만한 대작을 자기의 것으로 만들었습니다. 집필에 대한 의욕이 대단했음을 엿볼 수 있습니다.

국문학의 성장이 내부에서 자연스럽게 싹을 틔웠던 것인지, 아니면 외부에서 촉발받은 것인지 그 판단은 매우 어려운 문제입니다. 특히 제 유학 중에 일어난 일이기도 하고, 무엇보다 그때는 메이지 시대에서 쇼와 시대로 일본 사회나 문화가 크게 이행하여 변질되던 시대였기에 내적 요인도 외적 요인도 그다지 중요하지는 않았습니다. 이렇게 말하면 뭔가 회피하는 듯 보이지만 그런 시대 흐름 속에서 힘겹게 헤엄치고 있던 한 마리의 물고기로는 그러한 문제는 너무도 중대했습니다.

귀국한 후 약속대로 경성으로 갔습니다. 경성에서는 제 안에 있던 국문학도 외부의 공기를 접한 덕분에 꽤나 성장했다고 생각합니다. 예를 들면 민족 관련입니다. 제 국문학에는 훨씬 이전부터 있었던 것으로 옥스퍼드에서는 민요 관련 책을 상당히 사 가지고 왔습니다. 프랑스에서도 언어는 비록 약했습니다만, 민요 책만은 10권 정도나 모았습니다. 경성으로 돌아가면 짬을 내어 여유롭게 프랑스어를 공부하면서 읽으려고 했던 기대에서 샀습니다. 그런데 그러한 싹이 나오기도 전에 규슈로 이동하게 됐습니다. 전쟁은 더욱 힘들어져서 가지고 있던 물건을 팔아서 생계를 꾸려야만 했습니다. 책 말고는 값어치 나가는 물건이 없었기에 프랑스어 책이라면 팔더라도 그리 아깝지 않다는 생각이 들어 결국 마루젠에 팔아 버렸습니다. 팔기에는 아깝다고 생각했던 영어 문학론 관련 책만이 남아 있는 상태입니다.

이야기가 또 거슬러 올라갑니다만, 우라와 고교 시절에 저는 에스페란토를 시작했습니다. 우라와 고교는 현재 사이타마(埼玉)대학으로 아마 지금도 그곳에 에스페란토 모임이 열리는 방이 있지 않을까 생각합니다. 그곳에 그 모임의 역사를 연표로 만들어 놓은 것이 붙어 있을 것이고, 아마도 가장 첫 번째 행에 제 이름이 적혀 있을 것입니다. 제2차 세계대전이 끝난 후 얼마 되지 않아 우라와 고교를 방문했을 때에 에스페란티스트의 한 사람이 여기에 선생님 이름이 적혀 있다며 보여주었습니다.

<사이타마대학>[137)]

실은 우라와 고교 발족 당시 제가 주창해서 에스페란토 모임을 만들었습니다. 이른바 세계어라는 것 예를 들어 괴테의 세계문학이라는 사상은 아무래도 잘 이해하지 못했습니다. 그런데 에스페란티스트라는 것은 그렇지 않았습니다. 자멘호프라는 사람은 그런 세계어 등이 불가능하다는 것을 충분히 자각했던 사람으로, 즉 넓은 의미의 민족주의였습니다. 하지만 민족주의에도 여러 가지가 있습니다. 예를 들면 에도의 국학자도 민족주의였습니다. 다른 나라 말은 남만격설(南蠻鴃舌)이라 하여, 즉 머리 위에서 까치 떼가 시끄럽게 지저귀는 듯하여 듣고 있기는 힘들지만, 시키시마(敷島)[138]의 야마토고토바(大和言葉)[139]는 참으로 맑고 훌륭하다고 생각했습니다. 이것도 민족주의와 다르지 않습니다. 하지만 자멘호프는 그렇게 생각하지 않고 각 민족은 공존해야만 하며 공존공영하기를 바랐습니다. 예를 들어 외교상 프랑스어를 사용하고자 한다면 프랑스인에게는 굉장히 편리하겠지만 영어를 쓰는 사람에게는 편치 않다는 것입니다. 그래서 어느 나라의 민족도 어떤 약소국도 자기 나라 말은 당당하게 사용해야 한다는 것입니다. 사용하면서 다른 나라와 이야기를 할 때는 대등한 말, 즉 제3의 언어를 사용해 열등감 없이 서로 이야기를 한다는 주의입니다. 그런 내용을 자멘호프의 자서

---

137) http://manabi-contents.benesse.ne.jp

138) 일본을 말한다.

139) 일본어를 가리킨다.

전 혹은 다른 책에서 읽은 후 에스페란토를 시작해 보았습니다. 참으로 쉬웠습니다. 영어, 독일어, 프랑스어 등의 문법으로 고생했던 것과 같은 것은 전혀 없었습니다. 게다가 그로 인해 좀 더 일본문학도 번역하게 됐고, 셰익스피어도, 괴테도 번역하게 됐습니다. 이것을 십분 활용해야겠다고 생각하여 시작하게 된 것입니다.

세계의 에스페란티스트 명부가 있습니다. 지금도 1925년판 혹은 다른 연도의 명부를 가지고 있을 거라 생각합니다. 그것만 가지고 있으면 에스페란토 한 권으로 불편하지는 않을 것입니다. 실제로 생화학을 전공한 에가미 후지오(江上不二夫) 등은 그것을 실행하여 북유럽제국 국가 등을 매우 쾌적하게 여행했습니다. 저는 그것을 신문에서 봤습니다만, 에가미 후지오의 사진이 크게 실린 옆에 에스페란티스트이며 학자인 에가미가 온다는 설명이 적혀 있었습니다. 그리하여 그가 역에 도착하면 바로 에스페란티스트가 마중을 나오는 것이었습니다. 하지만 제가 시작했을 때는 전혀 그렇지 않았습니다. 제가 갔던 나라는 공교롭게도 영국이나 프랑스와 같은 대국으로 예로부터 외교를 할 때 사용하는 언어는 프랑스어로 말해 왔다든가, 영어는 7개의 바다를 지배하고 있다든가 하며 뽐내고 있던 나라이기 때문에 그곳에서 아직 변변히 쓸모도 없는 에스페란토를 남용하는 것보다는 서투르게나마 영어를 쓰는 쪽이 호수지방을 여행하거나 파리를 견학하기에는 편리했습니다. 제 에스페란토는 쓸모가 없었습니다. 하지만 자멘호프가 가지고 있던 민족주의 사상이라고 할지 그러한 것이 대국에서 체재한다고 해서 조금도 위축되거나 하지는 않았습니다. 오히려 그들의 약소국에 대한 거만한 태도를 보고 성장했다고 말할 수 있습니다. 이런 제 사상, 이 표현이 좋지 않다면 취향이라고 말할 수 있습니다만, 이것이 민요에 대한 관심으로 이어졌다고 생각합니다. 어쩌면 이런 취향 혹은 관심이 있었기에 핫토리 우노키치 선생님의 권유로 경성으로 갈 마음이 들었는지도 모르겠습니다.

조선에 가서 보니 민족의식의 좋고 싫음과 관계없이 저를 움직이게 했습니다. 예를 들면 조선총독부의 아무개 국장이라는 관리를 옥스퍼드에서 만났을 때, 그는 아무래도 일본인이 적어서 곤란하다고 했습니다. 조선을 지배하기 위해서는 백만의 일본인이 필요한데 사십만밖에 없다는 것입니다. 그에 비해 조선인은 천오륙 백만이 있다고 합니다. 그 천오륙 백만 명의 민족을 사십만으로 통치하는 것은 상당히 무리가 있기에 대학이라도 만들어 좀 더 조선에 정착하는 일본인을 수적으로 늘려 실력을 가진 지배계급이 되어 주었으면 한다고 말했습니다. 이런 식민정책이 가진 파탄이라는 것은 시행해 보니 결국 현실에서 느낄 수 있었습니다. 마침 제가 갔을 때 총독부의 신청사가 만들어졌는데 지금의 의사당만큼 크지는 않았습니다만 그 시기, 즉 다이쇼 말기에 그런 건물은 일본에도 많이 없었던 때였습니다. 그곳에서 천 몇 백만의 민족을 위압적으로 지배하고 있는 것이 사십만 명의 또한 그중에서도 대표적인 소수의 일본인이라는 것입니다.

이런 관계를 제 경험에서 말하겠습니다. 처음 도착한 다음날이 마침 이왕(李王) 곧 이전 한국왕의 장례식이 있던 날이었습니다. 우연히 그날 청량리('리'는 촌을 뜻합니다)라는 곳에 신축한 지 얼마 안 된 대학예과를 처음으로 방문했습니다. 청량리행 전차가 있어서 그것을 탔습니다. 승객으로 꽤 혼잡했는데 한 사람도 빠짐없이 백의를 입은 조선인들이 있었습니다. 청량리 방면에 이대왕(大王)의 묘가 있어서 그곳에 참배하러 가는 사람들이었던 모양입니다. 그러한 곳에 혼자 외로이 있었습니다만, 뭔가 으스스한 기분이랄까, 민족적 위압을 도착한 지 얼마 안 된 이민족으로 게다가 지배자의 한 사람으로서 지어야 할 책임을 몸소 느꼈던 그때의 인상은 아마 평생 잊지 못할 것입니다.[140]

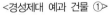

<경성제대 예과 건물 ①>

<경성제대 예과 건물 ②>

140) 경성제대 예과 건물은 한림대 의대 강의동으로 사용되다가 2015년 4월 27일에 철거됐다. 예과 터는 지금 주차장으로 이용되고 있다.

그랬던 것이 14년이나 있는 동안에 점점 신경 쓰지 않게 됐습니다. 하지만 전차를 탈 때면 일본인과 조선인은 용모가 닮았기에 얼굴을 보는 순간 본능적으로 민족의 다름과 같음을 구분하는 습관은 없어지지 않았습니다. 누군가에게 그런 이야기를 하면 자기도 그렇다는 대답이 돌아왔습니다. 그런 체험으로 저는 조선에 체류한 14년의 긴 시간 동안 하나의 민족적 책임이라는 것을 계속 느껴왔습니다. 정말로 민족이라는 것을 계속 의식하면서 생활해 왔다고 말해도 좋을 것입니다. 그렇다면 위정자라고 할지 정치가라고 할지, 그러한 계층의 사람들은 왜 조선민족을 자신의 소유물로 하려고 했는지에 대해 생각해보고 싶습니다. 총독정치라는 것 또는 식민정책이라는 것은 노골적으로 말하면 그러한 것일지도 모르겠습니다. 게다가 부자들의 재산 증식에도 이러한 민족의식이 그 역할을 하고 있었습니다. 조선신궁이 굉장히 번영했다고 하는 말 속에는 설령 의식하지 않

았다고 하더라도 조선신궁 덕분에 우리 일본인이 막대한 토지재산을 사유했다는 의식이 섞여 있었습니다.

<조선신궁>141)

---

141) http://cafe.daum.net

그런 세상 속에 돌연 제국대학이 생긴 것입니다. 그런데 그다지 자랑할 만한 이야기는 아닙니다만, 대학교수로 채용된 사람들은 역시나 주변 사람들과는 달랐습니다. 이런 사람들 중에는 적어도 조선에서 재산을 좀 모아볼까 하는 생각으로 조선에 건너온 사람은 일단 한 사람도 없었습니다. 핫토리라는 총장이 대단한 사람이었기 때문이라고 생각합니다. 핫토리는 중국철학의 권위자로 그러한 욕심이 거의 없었던 사람입니다. 그러한 핫토리가 사람을 선발하여 만든 조직이기에 그런 식민근성을 가진 사람은 한 사람도 없었던 것입니다. 다만 핫토리는 순수한 도쿄제대 출신이기에 도쿄제대의, 곧 아카데미즘의 이식 같은 것을 의도하고 있었던 듯합니다.

이 점에 대해서는 대학 내부에서도 여러 이견이 있었습니다. 공교롭게도 조선으로 건너간 사람들은 대학에서 강좌를 담당한 경험이 거의 없었던 사람들로 어딘가 반골적 야인이든가, 제멋대로인 귀족출신의 사람들이었습니다. 게다가 저희와 다르게 대학 건설 이전부터 살아온 사람으로 주로 의학부 소속이었습니다. 또한 적리균(赤痢菌)으로 유명한 시가 키요시(志賀潔)를 필두로 아카데믹한 사회와는 인연이 먼 사람들이었습니다. 법문학부장도 제1고등학교에서 반평생을 보냈던 하야미 히로시(速水滉)에서 아베 요시시케(安部能成)로 바통(baton)이 넘겨지면서 핫토리의 구상은 결실을 맺지 못했습니다. 이리하여 총독정부와 달리 대학이라는 하나의 치외법권적인 영역이 자연스레 생기게 됐습니다. 이 점은 조선인 사회에서도 어느 정도 인기가 있었으며, 또한 대학도 조선의 자유인들을 불러와서는 그들의 다양한 의견을 들었습니다. 이런 이야기는 제 국문학과는 인연이 먼 것 같이 들립니다만 사실 그렇지 않습니다. 오히려 그 반대입니다. 그렇게 말할 수 있는 것은 국문학 강좌도 그러한 대학 안의 구조 중 하나이기 때문입니다. 제 강의를 듣는 학생의 경우, 처음 예상했던 것과는 반대로 조선인 학생도 있었습니다. '내지(內地)'인 학생은 다수가 말한 것처럼 조선에서 부자나 지주 혹은 총독부 관리의 자녀였습니다. 즉, 가장 식민정치로부터 해방되어야 하는 것이 다름 아닌 국문학 강의였다고 생각합니다. 그렇게 생각한 것은 제가 경성에서 규슈로 돌아와서부터입니다. 제 국문학의 시간이 허비된 것처럼 생각할 수도 있습니다만, 저로서는 역시 하나의 성장이었다고 생각합니다.

제가 조선으로 건너가서 민족이라는 것을 강하게 의식하게 된 것은 조선 민족에 대한 애정이라기보다는 관심이었습니다. 마침 감사하게도 그 무렵 쓰이바 큐민(椎葉虬民)이 경성에 있었습니다. 그는 제가 제5고등학교 때 가르쳤던 학생으로 교토제대의 법과 출신입니다. 전쟁이 끝난 후에 만주로 갔다고 들었습니다만 그 후의 소식은 전혀 모릅니다. 그는 기독교인으로 총독부와는 인연이 먼 사립 기독교 관계의 학교 선생님이 되어 조선인과 자주 교류하고 있었습니다. 음악도 잘하고 운동도 잘했습니다. 참으로 밝은 청년이었습니다. 제가 조선에 간 것을 들고는 놀러 온 것인데, 거의 항상 조선인을 데리고 왔고 같이 소풍도 갔습니다. 당시 사진도 있습니다. 이렇게 되면 이미 완전히 초민족적으로 저희가 경성제대 교수라는 신분으로 조선민족을 동정하는 것과는 다르게 좀 더 한층 순수했다고 말할 수 있습니다. 이런 것은 조선인 측에도 해당되는 것으로 이 쓰이바와 함께 온 사람 가운데 손(孫)이라는 올드미스 선생님이 있었습니다. 그 사람은 민족이라는 것을 전혀 의식하지 않는 것은 아니었습니다만, 경성제대의 조선인 학생과 비교하면 훨씬 순수했습니다. 조선인 학생 중에서도 한층 바른 민족의식을 가지고 내지의 학생들과 교류하고자 하는 사람들도 있었습니다. 이런 학생들의 민족의식이 바로 저희들이 계속해서 의식해 왔던 '민족'이라고 하는 것이 아닐런지요?

일례를 들겠습니다. 최재서(崔載瑞)라는 학생이 있었는데, 영문학을 전공하고 있었습니다. 그의 스승이 사토 키요시입니다. 이 사람은 영문학 교수입니다. 영국에서의 제 체험담을 이야기할 때 잠깐 언급한 사람입니다. 영국에서는 같은 하숙집에 살면서 꽤 신세를 졌습니다. 경성에 가서도 교수회의 등에서 거침없이 시의 재능을 펼치는 남자였습니다. 사실 유명한 시인이기도 했습니다. 그런 사토 키요시는 최재서를 굉장히 귀여워했습니다. 최재서는 졸업 후에 경성제대 강사가 되어서 제가 있는 곳에도 자주 놀러 왔었습니다. 학생 때는 친일파로 오해받아 조선인 학생에게 맞은 적이 있을 정도였습니다. 그런데 최재서가 어느 해 정월의 휴일에 맥주 두세 병을 손에 들고 심각한 표정을 한 채 새벽에 제가 있는 곳으로 와서는, "선생님들은 어떻게 해도 우리들 조선인의 혼을 못 빼앗아요!" 라고 말하며 으름장을 놓고는 휘청거리며 나간 적이 있었습니다. 그가 술버릇이 나빴기 때문이라면

<최재사>[142]

그뿐이지만 저는 그것만이라고는 생각하지 않았습니다. 즉, 제가 14년간 계속 의식해 왔던 민족의식도 뒤집어 생각해 보면 역시 이런 것이 아닐까 하고 생각합니다. 그것을 따져 생각해 보면 자멘호프의 생각과 일맥상통하는 것으로 그가 대국의 언어로 세계어를 창설하는 것이 아니라 에스페란토를 떠올렸던 그 사상을 저는 조선인과의 민족의식 교류 같은 것으로 이른바 본성으로 체험한 것입니다.

이 체험으로 민족문제의 해결은 세계주의가 아닌 국제주의로 가야만 한다고 생각했습니다. 오늘날 요란스럽게 논의되고 있는 것에 이어지고 있을지도 모르겠습니다. 제게는 그런 정책다운 점은 잘 모르겠습니다. 제 나름대로 말하자면 그렇게 경험해 가는 것은 역시 제 국문학에서는 성장이었다는 것입니다.

꽤나 시간을 허비한 것 같습니다만 경성제대 교원들의 프로

---

142) https://www.google.co.kr

필을 잠시 소개해 달라고 하는 요청이 있기에 몇 분 언급하겠습니다. 역시 많은 분들이 돌아가셨습니다만, 지금 생각하면 꽤나 훌륭한 사람들이 있었습니다. 가쿠슈인의 원장으로 계시다 작고한 아베 요시시게, 나고야의 예대(藝大)학장으로 내임된 우에노 나오테루(上野直昭) 등, 당시는 동료라기보다는 선배로서 도움을 받았던 분들입니다. 제 '국문학 50년'과 함께 이들 인물들의 열전을 만들게 된 것은 참으로 중대한 일이라고 생각합니다. 이렇게 말하는 것도 이상합니다만 그 대신에 한데 묶어서 여기에서 말하고 싶은 것이 하나 있습니다. 그것은 개개인의 접촉 감화는 물론이거니와 그것보다도 경성에서 처음으로 경험한 '법문학부'라는 구조로부터 저는 꽤나 다양한 것을 수확했습니다.

그때는 법문학부라는 것이 유행했던 시대로 도후쿠제대도 규슈(九州)제대도 모두 법문학부였습니다. 제가 법문학부에서 통감한 것은 법과적 사고를 하는 사람은 문과적 사고방식을 가진 사람과 같은 인간이라고는 생각할 수 없을 정도로 전혀 다르다는 것입니다. 그러니까 예를 들면 가령 학생 처분이 문제가 됐다고 생각합시다. 그러면 법과 교수들은 법과적 사고방식으로 이리저리 생각할 것이며, 문과도 문과적으로 생각할 것입니다. 물론 문과라고 해도 철학도 있을 것이며 사학도 있고 문학도 있습니다만, 이들을 법과 사람들과 비교하면 굉장히 다른 사고방식을 하고 있습니다. 즉, 세계관이라고 할지 인간관이라고 할지, 그것이 기본적으로 다릅니다. 그 차이는 학생 처분 문제에 대해서도 좀처럼 의견이 좁혀지지 않아서 위원장을 곤란하게 했습니다. 더 나아가서는 법문학부가 다시 분열되는 결과를 만들기도 했습니다. 하지만 제 국문학만을 두고 말한다면 그런 이른바 법과적 사고방식이 성립한다고 하는 것부터가 좋든 나쁘든 큰 가르침을 받았다고 말할 수 있습니다. 법문학부는 제도로는 실패했다는 말을 듣습니다. 저도 그랬다고 생각합니다만, 지금도 그 이념이 틀렸다고는 생각하지 않습니다. 문과 교수가 자신의 전공학문을 내세우며 법과 및 경제학 교수들과 공통의 장에서 토의하는 것은 개개의 전공 학문을 반성하게 하는 의미에서 크게 도움이 된다는 것을 저는 현실 경험에서 알게 됐습니다.

이런 이유로 경성제대 석학 열전은 일단 접고, 국어국문학 관계 분들만의 이야기를 그분들에게 감사의 인사말을 전하는 의미에서 하겠습니다. 대학은 아시다시피 강좌 조직입니다. 강좌라고 하면 알 것 같기도 하고 모를 것 같기도 한 것이 있습니다. 그런데 그 국문학 강좌는 도쿄제대를 제외하면 교토제대조차도 당시 두 개, 그 외에는 한 개 정도였습니다. 경성제대도 처음에는 한 개였던 것을 창설 직후에 두 강좌로 한 것입니다. 당시 제가 혼란 속에 두 강좌를 만들었다고 비난받은 일이 있습니다만, 일부러 혼란을 틈타 이익을 보려고 그랬던 것은 아닙니다. 결론부터 말하자면 그렇게 생각하는 것도 당연합니다만, 결코 두 강좌가 없어서는 안 됐습니다. 왜냐하면 국문학과 국어학은 전혀 분야가 다를 뿐더러 성격도 다릅니다. 그것을 교수 한

194

사람이 맡아 담당해야만 하는 법은 없다고 생각했기 때문입니다. 국어학 강좌가 당연히 있는 것이라는 가정하에 교수회의에 후보자를 내보내었는데, 그 후보자에 대한 승인을 얻게 됐습니다. 다소 궤변이기는 하지만 후보자를 인정한 이상 강좌는 당연히 승인돼야만 합니다. 그 후보자가 바로 도키에다 모토키(時枝誠記)입니다.

이 인선(人選)에 대해 의논하고자 하시모토 신키치를 찾아갔습니다만, 하시모토 신키치는 제가 추천한 후보자에 대해서는 좀처럼 찬성해 주지 않았습니다. 이런저런 이야기를 하는 동안에 도키에다 모토키라는 사람이 있는데 학교를 졸업한지 얼마 되지 않았지만 그 사람이라면 대학 강의를 담당할 수 있을 것이라며 추천했습니다. 하지만 집이 부자라서 조선이라는 변방까지 온다고 할지 모르겠다는 이야기였습니다. 당시 그의 부친은 요코하마 쇼킨(正金) 은행의 임원이었습니다. 그리하여 도키에다 모토키에게 편지를 보냈습니다만 한 번도 답장을 받지 못했습니다. 역시 부자라서 어렵겠다고 생각하며 포기하고 있을 때에 도키에다로부터 엽서가 왔습니다. 홋카이도(北海道)인지 어딘지로 장기 여행 중이었다는 것입니다. 그 후로는 이야기가 순조롭게 진행됐는데, 이 또한 부자라서 그런가 하고 반대로 생각하기도 했습니다. 이리하여 순식간에 제2강좌도 담당자가 결정됐습니다. 그 이상 제3강좌를 개설하는 것은 교토제대에서의 두 강좌와 규슈제대에서의 한 강좌를 고려할 때 균형에 맞지 않는 것이기에 할 수 없었습니다. 그리하여 제 강좌에 온 세 번째 사람은 만년 조교수라는 마이너스 조건이 붙고 말았습니다. 한편 도키에다보다 젊은 사람은 고려할 수 없다는 것도 꽤나 번거로운 조건이었기에 곤란했습니다. 전부터 친분이 있었던 아소 이소지(麻生礒次)가 당시 제6고등학교 교수로 있었는데 사무적인 일은 일절 시키지 않고 오로지 공부만 할 수 있다고 했더니 아소 이소지답게 흔쾌히 승낙해 주었습니다. 게다가 당시 경성중학교에 있던 도미야마 타미조(富山民蔵) 또한 기한이 있는 악조건 속에서 연구실의 조수를 담당해 주어서 일단 구성원은 준비됐습니다.

이리하여 제 국문학은 경성에서 재임했던 14년간 일보 성장했다고 말할 수 있습니다. 조금 겸손하게 말하자면 약간은 따분했었는지도 모르겠습니다. 이미 말씀드린 대로 저는 경성에서 좋은 의미에서든 나쁜 의미에서든 민족을 의식해 왔습니다. 진심을 이야기하겠습니다. 즉, 제 국문학이 이전부터 그런 것과 전혀 무의식적인 것은 아니었다고 하더라도 제 현실의 체험으로 아직 제대로 쓸 만한 것이 되지 못했던 것이 처음으로 제대로 형태를 갖추게 됐습니다. 이것도 조금 전 이야기한 것입니다만, 이것을 좀 더 겸손하게 말하자면 국문학이라는 제 학문에 대한 적어도 반성이었다고 말할 수 있습니다. 즉, 민족의식을 바르게 받아들여서 국문학 그 자체를 부족함 없이 수립해야 했습니다. 그것을 위해서는 일상생활 속에서 저를 둘러싼 조선민족을 바르게 인식해야만 했습니다.

어쨌든 과장 없이 말하면 우선 조선어를 공부하거나 언문을 배워서 조선에서 나온 신문 정도는 읽을 수 있으면 했습니다. 조선어학은 오구라 신페(小倉進平)가, 조선문학은 덴리(天理)대학의 조선어문학 강좌를 맡고 있었던 다카하시 토루(高橋亨)가 담당했습니다. 다카하시 토루는 1899년인가에 도쿄제대를 졸업하고 바로 조선으로 건너가서 교육 현장과 총독부에서 일하면서 반평생을 조선 교육을 위해 힘쓴 사람입니다. 특히 조선어 회화에 능통하여 고등 보통학교장 때에는 학생들을 위한 교장 훈화 등은 일절 일본어를 사용하지 않을 정도로 대단한 사람이었습니다. 그런 다카하시가 말하지도 못하고 듣지도 못하는 저희 초보자들에게 조선어 입문 강의를 해 주었습니다. 한때 청강생들로 북적거렸습니다만, 서투른 사람이 많았습니다. 어느새 아베로부터 시작해서 한 사람 두 사람 줄어들더니 저도 영광스럽게 그 몇 번째인가의 낙오자가 되고 말았습니다.

제게는 일단 도망갈 구멍은 있었습니다. 이왕 배운다면 조선인에게 그리고 교실에서가 아니라 가정교사와 같이 일대일로 배우고 싶다고 생각했습니다. 그러던 중 도청에서 근무하고 있던 홍(洪)이라는 사람이 있었는데 매주 한 번 집으로 오게 해서 공부하게 됐습니다. 공교롭게도 이 사람은 일본어를 잘하는 사람으로 매일 언문으로 된 신문을 가지고 와서 교재로 사용했습니다. 조선에서 일어나는 이런저런 사건을 전하는 조선어나 언문이라서 교과서를 사용한 다카하시의 강의와 달랐습니다. 매우 재미있었습니다. 진기한 풍속 습관을 다룬 기사 내용을 이 선생님의 유창한 일본어로 듣는 것은 더 재미있었습니다. 처음에는 1시간 수업에 대부분을 어휘나 문자 공부에 할애하고 나머지 시간은 여담으로 기사 관계의 이런저런 이야기를 들었습니다. 그러다가 나중에는 반대로 세상 이야기가 주가 되어 남은 5분 혹은 10분 정도만 형식적으로 언어를 배우게 됐습니다. 선생님 입장에서 본다면 그쪽이 편하고 저로서도 그러한 이야기를 듣는 것이 조선 사람들의 사회나 생활을 알아가는 데 상당히 도움이 된다는 변명이 성립됐습니다. 그래서 그런지 이런 형태의 공부는 10년 이상이나 계속 되었습니다만, 회화는 전혀 향상되지 않았습니다. 어떻게든 언문으로만 된 삼면기사를 그럭저럭 읽을 수 있는 요령만은 짐작이 갈 정도일 뿐 그 이상은 전혀 향상되지 않았습니다. 물론 지금은 읽는 능력도 훨씬 떨어졌습니다. 억지를 부리는 것은 아닙니다만 선생님에게서 들은 세상 이야기도 제 국문학에 크게 영향을 끼친 것 같습니다.

그 세상이야기에서 실례 하나를 소개하겠습니다. 앞서 민요 이야기를 언급한데서 상당히 탈선하고 말았습니다만, 그런 의미에서 민요와 관련 있는 것으로 하겠습니다.

제주도가 민요의 보고라는 것은 다카하시에게서 들었습니다. 실제로 그 가사(歌詞)는 연구실에도 수집되어 있었습니다만 아무래도 그것만으로는 감이 오지 않았습니다. 그런데 가정교사

선생님에게서 만궁(マングン)(자세한 것은 후술)143)의 수공업에
관한 이야기를 듣다보니, 그 설명 속에서 이상하게도 어떤 생활
적인 리얼리티를 느낄 수 있었습니다. 제가 아주 멀리 거친 바
다를 무릅쓰고 섬으로 민요를 들으러 갔던 것도 지금 생각해
보면 선생님의 세상이야기에 매력을 느꼈기 때문이라고 생각합
니다.

조선은 민요의 나라라고 불립니다. 대체로 지방에 따라 여러
가지 민요가 실로 풍부하게 불리고 있습니다. 예를 들어 북방에
서는 서도잡가(西道雜歌), 남방에서는 남도단가(南道短歌)라는
것처럼 말입니다. 하지만 당시 이것은 기생이 부르는 직업적인
유행가가 됐습니다. 굳이 말하자면 오늘날 일본에서 유행하는
가요로 변환된 민요처럼 절반은 직업화되고 말았습니다. 아리
랑의 경우는 도쿄에서 맛볼 수 있는 중화요리와 같이 직업화를
뛰어넘어서 일본화됐습니다. 조선 본래의 등질적이면서 노동적
인 순수민요가 아니라는 점이 저를 무척 실망하게 했습니다. 그
런데 제주도의 민요만은 진짜라는 것을 다카하시의 연구로 알
게 됐습니다. 가정교사 선생님에게 들은 예비지식으로도 어느
정도 짐작을 할 수 있었기에 굉장히 기대를 하게 됐습니다. 그
리하여 드디어 실제 그 지역으로 가 보았더니 매우 인상적이었
습니다.

제주도라는 섬은 아시다시피 이끼(壱岐)·쓰시마(対馬)와 함

---

143) 갓을 가리키는 것 같다.

께 대한해협에 있는 세 개의 섬 중에서는 가장 큽니다. 섬 주민들은 본래 일본인종이라고 보는 내지인의 향토사가도 있을 정도입니다. 섬의 위치에 따라서 다소 혼혈되었거나, 내지풍의 습속이 남아 있는 곳도 있었으므로 좀 더 학문적인 연구를 해 봐야 할 것 같습니다. 경솔하게 판단할 수 있는 것은 아닌 것 같습니다. 이 섬의 부인들이 수공업으로 이루어지는 만궁, 즉 그 조선고유의 까마귀모자(烏帽子) 곧 갓을 제조하는 것이 예로부터 성행했습니다. 그 여러 부인들이 작업하면서 구전되어 내려온 노래를 읊조리는 것입니다. 이것이 제가 들으러 간 민요였습니다. 한국의 상황에 어두운 저는 이 갓이 지금도 외딴 시골에서 사용되고 있는 것인지 어쩐지 잘 모릅니다만, 쇼와 초기에는 경성 시내에서도 그것을 쓴 양반풍의 모습은 간간히 볼 수 있었습니다. 섬에서의 제조는 그 시기에 거의 쇠퇴하고 있었기에 이 민요도 중년 이상의 부인들 사이에서 기억되고 있는 정도였습니다.

섬은 화산섬으로 감자 싹 같이 땅딸막하게 가로놓여 있었습니다. 대마도와 같은 크고 작은 항만은 전혀 없었습니다. 진중하게 탐라산이 장백산(백두산) 다음으로 조선에서 두 번째로 높은 봉우리로 솟아 있었습니다. 하지만 주요 봉우리를 잃은 이 사화산은 아소산과 같이 길게 옆으로 가로놓여 있었습니다. 그곳에서 해안까지의 사면에는 무수히 많은 소분화릉의 잔해가 크고 작은 혹처럼 되어 있었습니다. 돌멩이가 데굴데굴 굴러 떨어져 있어서 농사를 지을 수 있는 곳이 아니었습니다. 남자들의 생업은 대부분이 물고기를 잡는 일로 그들은 풍파를 무릅쓰고 꽤나 먼 바다로 나가서는 빈번히 조난당했습니다. 그래서 부녀자들은 집을 지키면서 언젠가부터 이 만궁의 수공업을 몸에 익히게 됐으며 이 독특한 민요에 슬픔을 달래면서 무료하고 쓸쓸한 일생을 살아가고 있었던 것이었습니다. 불쌍하고 고독한 섬의 운명이라고 할 수 있겠습니다만, 그것으로 민요 같은 민요가 생겨나기에는 절호의 조건을 갖추게 된 것입니다. 얼마간의 문헌을 받아 오거나, 경성에서 확보하기도 했습니다. 제주도와 제국문학과의 관계는 이 섬의 여성들이 만궁 제조를 할 때 부르는 노동가로 겨우겨우 이어져 있는 것에 지나지 않습니다.

목포에서 도청 소재지가 있는 곳으로 건너갔습니다만, 바다가 거친 시간대였기에 보통 10시간 정도의 항로가 20여 시간이나 걸렸습니다. 예전에 견당사(遣唐使)나 유배당한 사람들을 연상하면서 겨우 목숨만 간신히 건졌습니다만, 그래도 섬의 인상은 멋졌습니다. 저를 안내해 준 사람은 50세 정도 돼 보이는 아주머니로 아직 한 번도 섬을 떠난 적이 없는 사람이었습니다. 아마 이것도 경성에 있는 가정교사 선생님에게 들은 이야기일 것 같습니다. 이 섬에는 미인이 많다고 하는 소문을 들었다고 했더니 저를 안내해 준 반도에서 자란 관리도 그리고 제가 묵었던 일본인 학교의 선생님도 그렇다고 했습니다. 그러고 보니 그 아주머니도 꽤나 이목구비가 정갈한 얼굴이었습니다.

만궁을 만들 때의 노래를 불러달라고 했더니 여기에 만궁이 없는데 어떻게 부를 수 있겠냐며 노동가의 본질에 대해 정곡을 찔러 말했습니다. 몇 개 정도 알고 있는가 물어봤더니 얼마든지 알고 있다고 말했습니다. 옆에 있던 안내인이 300곡 정도는 알고 있을 것이라고 부연 설명을 해 주었습니다. 자연 발생적인 즉흥가라면 얼마든지 알고 있다는 것이 민요의 본질에 적합한 대답일지도 모르겠습니다. 그날 밤 불러 주었던 것이 몇 개였는지 기억나지 않습니다. 그중에서 이허도야 이허도(イホトヤイホト)라고 부르는 노래가 가장 인상적이었습니다. '이허도'144)라는 것은 나중에 이허도(離虛島)라고 글자를 붙이게 됐습니다. 물론 그녀들은 그런 차자(借字)와는 상관없이 이허도라고 불렀습니다. 참고로 '차자'를 일본에서는 '아테지(宛字)'라고 합니다. 여하튼 이허도는 남편이나 아들이 먼 바다에서 조난당해 돌아오지 못했을 때, 그녀들은 그들이 죽었다고 생각하지 않고 아득히 먼 환상의 섬에서 살고 있다고 믿고 있었습니다. 그 섬을 이허도라고 부르고 그것을 개인적 시적 환상이 아닌 집단적 의식으로 불렀습니다. 여기에도 등질적인 민요의 비애가 살아 있습니다.

이런 이야기를 대학에서 강의하지는 않았습니다. 그런 것은 국문학도 아니고 다른 아무것도 아닌 것이기 때문입니다. 또한 대학 강의로도 실격입니다. 다만 저는 경성에서 '역대(歷代) 민요선'이라는 특집 강의를 수년 간 계속했습니다. 일본문학 중에

---

144) 이어도를 말한다.

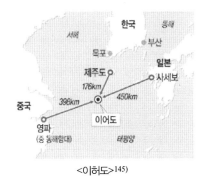

<한국 동해 부산 목포 제주도 176km 일본 사세보 396km 450km 중국 영파 (중 동해함대) 이어도 태평양>

<이허도>[145]

서 민요라는 장르가 어떻게 살아 있으며, 또 읽고 노래하는 문학과 어떻게 관련돼 있는지를 설명한 것으로 상대에서 근세(近世)까지 다루었습니다. 제 강의가 아무리 지루하다고 하더라도 구리타 히로시(栗田寬)나 고나카무라 키요노리(小中村淸矩)와 같은 메이지의 여러 권위자들이 일본 가요에 틀어박혀서 얻은 탁견과 더불어 민족의식이라는 외부의 기운을 섭취하려고 했던 제 노력만큼은 평가해 줬으면 합니다. 물론 오늘날 살펴보면 제가 생각해도 대단한 것은 아닙니다만.

이허도에 대한 이야기가 대학 강의로 실격이라고 말한 것에 대해서 제 경험을 이야기하겠습니다. 앞에서도 언급한 것처럼 도쿄제대에서 강사로 강의할 때에 후지무라 쓰쿠루 선생님은 제게 "뭐든지 자네가 지금 연구하고 있는 것을 이야기하면 되네"라고 지도를 해주었기에 말씀대로 했습니다. 그런데 경성에 가 보니 대학교수로 그렇게 해도 괜찮은가 하는 의문이 생겼습니다. 바로 그 시기, 누군가에게서 "어차피 대학교수 따위 개론학자에 지나지 않아"라고 말한 것을 들었기 때문입니다.

---

145) http://media.daum.net(문화일보, 2012.3.16).

처음에는 언짢게 들렸습니다만 생각해 보면 그 말이 틀린 것
도 아니었습니다. 당시 저는 대학교수는 자신의 전공 학문을 교
단에서 학생들에게 전달하기만 하면 된다고 생각하고 동경하고
있었습니다. 취임해서 직접 학생들을 접해 보니 그렇지 않다는
것을 알게 됐습니다. 당연한 것입니다만 대학교수라는 공직은
자기 자신의 학문을 연구하는 것 말고도 학생들에게 학문을 전
하는 일면이 있습니다. 청강하는 학생들 중에는 철학, 사학, 문
학 전공자가 있습니다. 법문학부라고 한다면 법과 경제를 전공
하는 학생도 있습니다. 같은 국문학 전공의 학생이라고 해도 고
대도 있고 근대도 있으며, 시도 있고 산문도 있습니다. 그런 학
생들에게 가장 필요한 학문은 교수 자신의 연구 성과보다도 좀
더 넓은 이른바 개론적인 성격을 가지고 있는 것, 그렇지 않다
고 하더라도 그러한 배려를 더한 것이어야 한다는 것이었습니
다. 이것은 대학의 특권인 학문사상의 자유라는 것과는 전혀 모
순되지 않는 별개의 것으로 학생들에 대한 하나의 책임입니다.
이런 것을 깨달았을 때, 대학교수는 적어도 한편으로는 개론을
주로 강의하는 학자라는 오명을 감수해야 한다는 것을 알게 됐
습니다. 즉, 대학교수라는 이름의 학자가 되고 나서야 비로소
그것이 반드시 국문학자라는 이름의 학자와 동거할 수 없다는
것을 뒤늦게나마 알게 되었습니다.

제8장

패전을 사이에 두고

후천적인 것일지도 모릅니다만 원래 저는 지금까지 이야기한 대로 유별나게 편력자의 소질을 가지고 있는 것 같습니다. 다만 언제나 자동적인 것이 아니라 타동적인 것입니다. 역시 제 국문학의 성격을 규정하는 것이라고 생각하기 때문에 하는 이야기입니다. 좋게 말하면 이에 제 국문학이 개방되어 바깥 공기를 흡수하는 계기가 된 것도 같습니다만, 나쁘게 말하면 제가 국문학에 대해 지조가 없기 때문일 수도 있습니다. 경성에서 규수로 간 것도 이전 경성 부임이 그랬던 것처럼 갑자기 권유를 받아 가게 된 것입니다. 권유를 받고 또한 재촉을 받으면 개인적 감정이 솟아나기 마련입니다. 저는 경성에서 중학교 5년생이었던 장남을 잃습니다. 의사가 차남은 괜찮다고 하기에 안심하고 있었습니다. 하지만 4세 정도가 되면서부터 조금씩 이상해지기에 비록 초등학교 2년생이라고 하더라도 본인의 생각을 물어봐야 했는데 그렇게 하지 않았습니다. 영하 20도가 넘는 대륙으로 끌려 와서 죽고 만 장남에 대한 책임감에서 적어도 차남에게만은 어떤 방법으로든 속죄를 하고 싶다고 아내와 이야기하고 있던 중이었습니다. 그러던 차에 남쪽 지방 하카타(博多)에서 돌아오지 않겠느냐는 권유의 편지가 도착했습니다. 좀처럼 냉정하게 그것을 거절하지 못했던 것이 진심입니다.

<규슈대학 정문>

규슈제대로 옮긴 것은 1939년입니다. 중일전쟁(日支事変)이 1937년에 시작했고, 대동아전쟁 발발이 1941년 12월 8일이니까, 딱 그 중간에 떠나게 된 것입니다. 즉, 중일전쟁이 점점 대동아전쟁으로 변모해 가는 과도기에 저는 경성에서 규슈로 옮겼습니다. 경성에 뼈를 묻을 작정으로 현해탄을 건넜던 것이 어영부영하다가 규슈로 오라는 권유로 옮기게 됐습니다. 이것은 제 학교 졸업 이후의 편력생활과 같이 제게 절조가 없었다고 말해도 어쩔 수 없습니다. 용케도 선생님은 "적절한 시기에 규슈로 왔군요"라고 마치 제가 시국을 통찰하고 있었던 것 같은 말을 듣습니다. 물론 그런 것은 아닙니다.

하지만 어중간한 제 태도가 제 국문학을 한 단계씩 후퇴시키기는커녕 성장시켰다는 것만은 분명합니다. 전쟁 중의 국문학에 대해서도 언급해야 합니다만 분명히 국문학이 시국에 의해서랄지 군부에 의해서랄지, 좀 더 넓은 의미로는 정치적으로랄지, 그러한 것들에 이용됐다는 측면은 있었습니다. 하지만 개인적 체험에서 생각하면 세간에서 지금 생각하고 있는 것처럼, 즉 액면 그대로 받아들여야 할 것인지는 잘 모르겠습니다. 지금 반성해 보면 아마 살아남은 다수의 국문학자가 같은 의견을 가지고 있을 것이라고 생각합니다. 그렇게 심하게 휘둘렸던 것은 아닙니다. 다만 이 광신적인 대동아정신에 과감히 반항했는가 하면 그런 것도 아닙니다. 이런 입장이 일반적으로 국문학이라는 학문이 가진 패기 없는 태도였다고 생각합니다.

이런 관계를 자신의 체험에서 생각해 보면, 예를 들어 경성 시절부터 규슈 시절에 걸쳐서 적어 왔던 것을 모은 것이 『요시노의 메기(吉野の鮎)』라는 책입니다. 물론 그 자체로는 출판되지 못했습니다. 특히 권두에 실려 있으며 책 제목이 되어 있는 「요시노의 메기」라는 논문은 규슈로 옮겨 바로 쓴 것입니다. 그

시기는 앞서 언급한 것과 같이 중일전쟁이 대동아전쟁으로 점점 변질되어 갔던 시대였습니다. 출판당국은 시국에 협력적인 것은 얼마든지 출판할 수 있으나 비판적인 것은 엄격하게 검열한다는 두 가지 태도를 보였습니다. 국문학 관련의 출판에는 이런 태도가 특히 확실했습니다.

『요시노의 메기』[146]

---

146) https://www.amazon.co.jp

당연히 그 기준이라는 것은 몹시 표면적이었습니다. 예를 들어 천황에 대해 경칭을 생략하는 것을 가장 엄격히 검열했습니다. 숙독해서 보지 않으면 모를 수 있는 전쟁 비판에 관한 내용은 의외로 그대로 통과되는 분위기였습니다. 『요시노의 메기』를 출판해 준 이와나미 시게오(岩波茂雄)는 상당히 경골한 인물로 쓰다 소키치를 변호하거나, 오자키 유키오(尾崎行雄)를 비호하거나 했습니다. 이와나미 시게오는 일관된 의지를 보여준 사람입니다. 그럼에도 당시의 일본출판협회라는 통제 밖에 있을 수는 없었습니다. 제 책들도 일반 철학서라면 그 정도까지는 아닐 수도 있었습니다만, 일본 고전에 관한 한은 특히 감시가 심했습니다. 이런 것을 각오하고 처음부터 잡지에 게재한 논문이었습니다만, 단행본으로 출판하게 되자 그런 간섭은 한 문장 한 문장에까지 이르게 됐습니다. 구체적인 일례로 지금도 기억하고 있는 것은 천무(天武)천황을 임신년 난의 주역이라고 적은 것입니다.

불경하기 때문에 수정하라는 부전지(附箋紙)가 왔습니다. 이에 아마도 오(御) 자를 넣어서 오주역(御主役)이라고 수정했기에 최종적으로는 통과했던 것은 아닐까 하고 생각합니다. 당시 그것을 읽었던 여러 사람들에게 격려 혹은 비판을 받았습니다. 당시 미술사의 권위자였던 다나카 토요죠(田中豊蔵) 등도 꽤나 명문장이기는 하지만 그런 것치고는 바보 같이 경어가 많은 책이라고 말했습니다. 그 말 그대로 좀 과장되게 말하면, 그 책 첫머리의 한 문장 등은 경어를 덧칠했기 때문에 출판이 허락된 것이었습니다. 물론 경어만이 아니라 그 밖에도 주의를 받은 문장이 있었습니다만 말입니다. 하지만 자세히 읽어 보면 그런 덧칠 속에는 당연히 다른 것이 숨겨져 있었습니다.

다만 그런 경우 옳을 일을 하기 위해 붓을 꺾어야만 한다고 생각한다면 제 태도는 잘못된 것입니다. 하지만 그런 시국을 빠져나가 어떻게든 전쟁 피해를 저지하려는 마음이라면 생각은 달라질 것입니다. 전쟁에 대한 의지가 천황을 유폐하고 있었습니다. 천황을 이 유폐에서 해방시키고 정말 자유로운 인간적 입장에 서서 국민을 사랑하게 한다면 같은 차원에서 국민도 또한 천황을 사랑하게 될 것입니다. 이런 연결을 만드는 데에는 시 정신의 발양이 좋은 방법입니다. 그것이야말로 우리가 전쟁의 탄압에서 구제될 수 있는 단 하나의 남겨진 길이라고 생각했습니다. 그 시점에서는 오히려 이것이 자연스럽지 않았을까요? 과거의 문학사에서 천황은 정치나 전란에 위장되지 않는 이상, 정말로 여러 차례 권력에 대적하면서 매우 솔직히 국민을 사랑해 왔습니다. 물론 매우 낭만적이지만 어떠한 흥정도 없었던 것을 천황의 문학은 정직하게 우리에게 말해 왔습니다. 이 천황과 시대의 권력과의 대결은 천황이 진 적도 있고 이긴 적도 있습니다. 진 것은 천황이 약했기 때문이기도 하지만 그러한 강력한 정치조직, 이 정치조직을 제거하기 위한 민중의 힘이 약했기 때문이기도 합니다.

예를 들어 도바상황(鳥羽上皇)이 가마쿠라막부를 어떻게든 해결하려고 했습니다. 이에 대해서는 여러 학설이 있는데 천황정치를 부활시키려는 천황의 정치적 야심이었다고 하는 것이 상식입니다. 역사적으로는 그렇게 말할 수 있겠습니다. 이것을 문학에 나타난 것에 한하여 말하자면 역시 천황은 『신고금화가집(新古今和歌集)』의 편찬에 있어서 후지와라 데이카(藤原定家)의 와카 권력을 좀 더 소박한 국민적인 것으로 돌리려고 했습니다. 그러나 시 정신이 죠큐(承久)의 난147)에도 나타나 있었다고 말할 수 있습니다. 순진한 이야기처럼 들립니다만, 그렇게 되면 시의 창조적 정신과 정치 기구에 나타난 권력 정신 가운데 어느 쪽이 진실일까 하는 것이 문제가 됩니다. 천황의 친정(親政)을 책모(策謀)하는 상황(上皇)의 야심을 막을 수는 없었다고 해도 동시에 시의 창조에 참여한 문학정신도 순수하든 어떻든 진리를 사랑해 마지않은 인간의 선의의 발로로써 우리들은 말살할 수 없었습니다. 지금도 그렇지만 당시는 특히 그렇게 생각습니다.

그런데 메이지천황만큼 와카에 열의를 가진 사람은 드물었습니다. 그렇지만 천황의 가인적 소질은 민중에게는 감춰져 있었습니다. 작가로서의 천황의 전모라는 것이 국민에게 알려져 있지는 않습니다. 메이지천황은 10만 수 이상의 와카를 지은 보기

---

147) 가마쿠라 시대인 조큐 3년(1221)에 고토바(後鳥羽) 상황이 가마쿠라 막부를 집권하였던 호조 요시토키(北条義時)에 대항하여 토벌군을 일으켰다가 패배한 난.

드문 다작 가인이었습니다만, 그 노래는 궁중의 창고에 보관되어 있습니다. 공개되지 않고 있습니다. 저는 좋은 의미에서든 나쁜 의미에서든 메이지천황의 정직한 인간적인 모습을 알고 싶다는 생각에 궁내청 관련의 모씨에게 보여 달라고 청한 적이 있었습니다. 결국 거절당했습니다. 물론 메이지천황집이라는 것이 출판되었습니다만, 궁내청 안의 소수의 위원이 '근찬(謹撰)'한 것입니다. 기대할 만한 것은 못됩니다. 하지만 만약 천황이 지은 노래를 전체적으로 살펴볼 수 있다면, 꾸밈없는 천황의 정신이라는 것이 발견될 수 있을 것이라고 뜬구름 잡는 듯 공상을 해 보기도 했습니다. 꿈같은 이야기인지라 오해도 받았습니다. 오해를 받아도 괜찮았습니다만, 지금 당시의 상황을 말해 보라고 하는 것 같은 기분이 들어 한마디 변명하고 싶었습니다.

『요시노의 메기』에서는 율령국가 이전의 예를 들어 야마토타케루노미코토(日本武尊)라든가 하는 그러한 문제를 중심으로 논했습니다. 그것이 지금 말한 제 천황관과 어떻게 이어지는가 하는 질문이 아마도 나올 겁니다.

이것에 대해서는 패전 후 영웅시대 논쟁이라는 형태로 아

『메이지천황 와카집』

직 충분히 다 말하지도 못했는데, 여러 사람들이 자기 마음대로 받아들이고서는 저를 비판했습니다. 저로서는 다시 한 번 검토하여 자신의 주장을 주해(注解)하거나 오해를 수정하고 싶은 마음은 없습니다. 물론 여유가 생긴다면 제 자신이 다시 생각할 의향은 있기는 합니다만.

그런 시국하에서 규슈제대에서 보낸 제 연구생활이 어떠했는지에 대해서입니다만, 학생들과 함께 어떤 일을 도모했습니다. 순조롭게 진행되는 듯했습니다만 도중에 멋지게 좌절하고 말았습니다. 당시 협력한 학생(물론 지금은 학생은 아니고, 교장이 되거나 교수가 되거나 했습니다)에게 지금도 죄송한 마음 금할 길이 없습니다. 하지만 다행스럽게도 지금까지의 체험(이것은 『일본문학의 환경』, 『호반』 등의 단행본이나 잡지 혹은 논문 등에 단편적으로 쓰거나 했지만)을 토대로 『고대문학과 규슈』라는 공동과제로 학생들과 함께 하나의 작업을 완성해 보자고 생각했고, 운 좋게 문부성의 연구비를 받아내는 데 성공했습니다.

조금 더 설명을 더하자면 제게는 지금까지 말한 것처럼 국문학자답지 않은 편력 경험이 있습니다. 그때까지만 해도 구미로 유학한 국문학자가 전혀 없지는 않았습니다만, 그런 선배들 또한 그곳에서는 공부만을 하고 돌아왔습니다. 그런데 저는 어느 쪽인가 하면 거의 빈털터리인 지갑을 털다시피 하여 여행을 하며 돌아다니다가 왔습니다. 유럽에서 귀국해서는 전혀 다른 한반도의 풍토를 경험했고, 그 지역의 민요나 인형극을 경험하고 내지로 돌아왔습니다. 그러한 선물을 가지고 규슈로 돌아온 제게는 무엇을 하든 풍토와 연결 지어서 일본문학을 보는 눈이 생겼다는 자부심도 있었습니다. 그 경험을 살려서 규슈제대 학생들과 함께 일을 해 보자고 생각했습니다. 이것이라면 본토박이 규슈의 대학생을 가르칠 만한 지도력을 가질 수 있다고 확신했습니다. 즉, 이러한 회귀적인 일본풍토관을 토대로 공동 작업을 한다면 어떻게든 하나의 형태를 완성시킬 수 있을지 모른다고 생각했습니다.

여기저기를 돌아다니는 것은 14년간의 조선생활에서 이미 경험한 바가 있습니다. 전에도 말한 것처럼 남쪽은 제주도에서부터 북쪽은 압록강에 이르기까지, 동쪽은 금강산에서 서쪽은 평안남북도에 이르기까지 전부 걸어 다녔습니다. 이렇게 돌아다녔던 경험을 토대로 상대문학과 규슈의 풍토라는 것을 찾는다면, 어쩐지 일본문학이라는 것을 새롭게 알게 되는 것은 아닐까 하고 생각했습니다. 그리하여 『고대문학과 규슈』는 이와 같은 방법의 말하자면 하나의 케이스입니다. 실제로 이것을 진행한다면 동북에서나 중부에서 그 밖의 여러 곳에서도 그러한 협력적인 연구가 가능하다고 믿습니다. 제 꿈입니다만 말입니다.

먼저 부서를 정하고, 학생 한 사람 한 사람에게 누가 어디로 어떤 문학과의 관계에 대해서 살펴보러 갈지를 정했습니다. 연구실에는 참모본부(지금은 육지측량부)의 지도를 이어 붙인 커다란 지도를 벽면에 붙여두었습니다. 그렇지만 그 준비가 순조롭게 진행되어 드디어 출발하려고 했을 때에는 이미 대동아전쟁이 시작됐습니다. 그런데 그러한 풍토와 요새(要塞) 지대는 가차 없이 겹쳐 있었습니다. 예전부터 요란스러웠습니다만, 그때에는 사진은 물론 그러한 지대에 들어가는 것조차 엄히 금했습니다. 무엇보다 이상한 남자가 홀로 조용히 참모본부의 지도를 펼치고는 길도 없을 것 같은 풀숲을 가르며 헤매고 있으니, 스파이 취급을 받고 억류되는 것은 너무나 당연할지도 모릅니다. 한편에서는 이 그룹에 있던 학생들이 한 사람씩 집병 소집에 응하여 전장으로 떠나갔습니다. 주제넘게 한마디 하자면 국문학자 중에서 이러한 편력 체험을 가진 저와 행동 본위의 젊은 학생들과의 공동 작업이 아니면 할 수 없다고 자신만만해 했던 일도 전쟁으로 붕괴될 수밖에 없었습니다.

이리하여 학생들과의 연구계획은 보기 좋게 좌절됐습니다. 그에 대한 보상이라고는 할 수 없지만 전쟁하에 대학 안팎의 제좁은 인간관계에서 수확한 것들을 하나둘 소개해 보는 것도 의미 있을 것 같습니다.

하나는 구스모토 마사쓰구(楠本正継)입니다. 유명한 중국문학자로 50년간 제가 알고 지낸 사람들 중에서 가장 우수한 타입이었습니다. 원래 저는 우수하다고 할 때 빠져서는 안 되는 조건이 두 가지 있다고 생각합니다. 하나는 조리 있고 일관된 논리(라고 하더라도 형식논리가 아닌 좀 더 고차원적 논리)이며, 다른 하나는 직감입니다. 구스모토 마사쓰구는 이 두 조건을 완벽히 갖추고 있었습니다. 제5고등학교 때 그를 가르쳤으며 우라와 고교와 규슈제대에서는 동료로 지냈으며 전쟁이 끝난 후에도 계속 교류했습니다. 바로 3년 전 그가 죽을 때까지 만나왔기에 이렇게 말할 수 있습니다. 전공은 중국사상사로 구스모토의 저서인『송명시대 유학사상의 연구』는 아사히문학상을 받았습니다. 그의 임종 직전이었습니다. 그것이 구스모토의 전무후무한 단 한 권의 저술이었다고 하는 것도 그의 독특한 면을 잘 보여주고 있습니다. 구스모토의 일화라면 얼마든지 있습니다만 유감스럽게도 '국문학 50년'에 해당되지 않는 이야기이기 때문에 생략하겠습니다.

이 유례없는 수재가 제가 아는 바로는 첫 번째 패전론자였습니다. 특별히 정치에 대해서 잘 알고 있었던 것도 아니고, 규슈제대 내에서도 인간관계는 참으로 좋았으며 말수가 적은 사람으로 교수회의 등에서 발언한 적이 거의 없었습니다. 그의 패전론은 직감적인 감(勘)과 철학적이고 논리적 사색에서 온 것입니다. 언젠가 둘만 있을 때, "선생님 일본은 질 거예요"라는 말을 가장 먼저 제게 말했습니다. 다른 동료들 중에서도 대학 내의 가장 대표적인 학자라고 말할 수 있는 사람들은 아마도 그렇게 생각하고 있었을 겁니다. 그리고 구스모토가 제게 속삭이듯 말한 것도 지금 생각해 보면 "선생님 시국에 억지로 휘말려 들어가선 안 됩니다"라고 말하기라도 하는 듯한 경고가 포함된 것이 아닐까 생각합니다. 실제 저도 반성하게 됐습니다.

또 한 사람이 있습니다. 이것은 대학 밖의 예입니다. 기타무라 토쿠타로(北村德太郎)입니다. 이 사람은 훗날 사회당 내각에서 대장대신(大蔵大臣)[148]이 되기도 했던 꽤나 유명한 사람입니다. 당시는 사세보(佐世保)은행의 은행장이었습니다. 그 댁의 가정교사로 갔던 사람이 제가 우라와 고교에서 가르쳤던 S였습니다. 그런 관계로 그로부터 제 소문을 들었던 기타무라 토쿠타로가 저를 만나고 싶다고 하여 사세보로 강연하러 갔습니다. 그 댁에서 묵었던 것을 계기로 시국이 격렬해지고 나서도 때때로 만났습니다. 기타무라도 제게 패전론을 속삭여 주었습니다. 등화관제(燈火管制)를 하던 중 식사가 차려진 곳만을 밝게 하여 소반(チャブ台)[149]을 사이에 두

고 단 둘이서 시국을 이야기하였던 그날 밤의 일을 지금도 잊을 수 없습니다.

기타무라가 그 유명한 스와(諏訪) 신사의 높은 돌계단을 말을 타고 올라갔

<소반>[150]

---

148) 우리나라의 기획재정부 장관과 비슷하다.

149) 다리가 네 개 달린 식사용 테이블이다. 일반적으로 네모반듯한 모양이나 원형으로 이루어졌다. 사용하지 않을 때는 테이블 다리를 접어서 보관할 수 있는 것이 많다. 자리의 높낮이의 구분이 느껴지지 않는다. 쇼와시대 초기의 단란한 가족을 상징하는 것으로 자주 등장한다.

150) https://ja.wikipedia.org

다는 무용담을 들은 적
도 있습니다. 그 사람이
비관론자로 재정 측면
에서 보더라도 이런 무
모한 전쟁은 계속 돼서
는 안 되며 일본이 반
드시 질 것이라고 말했
습니다. 그 시기 아직

<맥아더와 쇼와 천황>[151]

사회당과 같은 정당과 관계가 없던 일개 은행장이라도 보는 눈
이 있는 사람이라면 역시 대학 내부와 마찬가지로 일본의 패전
을 느꼈던 것입니다. 이런 이야기를 제 국문학에 연결시킨다면
저와 같은 국문학자 또한 이런 교유관계를 통해 전쟁에 대해서
낙관적으로 생각할 일이 아니라는 것을 알게 됐습니다. 그로 인
해 시국을 하루라도 빨리 수습하는 방법으로 국문학의 역할이라
는 것을 생각하고 있었다는 것을 알아주었으면 했습니다. 무엇보
다 패전으로 일본이 없어져 버린다는 것을 그런 사람들은 물론
생각하고 있지 않았습니다. 하지만 그와 같은 분위기가 점점 확산
됐던 것이 저희들을 굉장히 음울하게 만들었습니다.

　이런 사람들이 비관한 대로 일본은 패전을 맞이했습니다. 어
느 정도 예감은 하고 있었습니다만, 패전은 역시 큰 충격이었습

---

151) 이들의 체격 차이를 봐라! 일본의 패전을 알리는 상징적 사진이다.
　　http://cafe.daum.net

니다. 패전으로 물론 국문
학이 파멸될 거라고는 생
각하지 않았습니다. 다만
이 학문에도 식민지화했던
성격이 더해져 있어서 앞
으로의 일본문학 연구라는
것이 얼마나 비참한 것이
될 것인가 하는 예감을 떨

<오이타현 히타>152)

칠 수 없었습니다. 매우 불안했습니다. 조선 체류 14년의 경험
을 가지고 있던 저였기에 패전 후 반년 정도에 생각했던 것은
규슈의 중심이라고 할까, 외래문화에서 떨어져 있던 오이타현
(大分県)의 히타(日田)와 같은 곳에서 참된 일본문화를 일으킬
만한 성격을 지닌 학교를 세우고 싶었습니다. 그곳에 국문학을
중심으로 국민을 재생시켜 나가고자 생각했습니다. 이것은 결
코 꿈만은 아닙니다. 몇 가지 견본이 있습니다. 제가 예전에 체
류했었던 옥스퍼드 등도 하나의 예가 됩니다. 옥스퍼드는 정변
에 관계없이 이른바 초연히 캠브리지와 두 개의 대학도시를 계
속해서 보호하고 있었기 때문에 대학은 그곳에서는 거의 자율
적으로 도시를 지배하고 있었습니다.

조선에서도 스케일은 작았지만 그러한 학교 마을과 같은 비
슷한 곳이 있었습니다. 바로 평안북도의 정주(定州)입니다.153)

---

152) http://www.h5.dion.ne.jp

<오산학교>155)

그곳에 갔을 때 저는 그곳이 작은 옥스퍼드라고 느껴져서 깜짝
놀랐습니다. 그곳에 유명한 학자가 있었습니다.154) 이름이 뭐였
는지는 오래된 일이기에 잊어버렸습니다. 당시 그 사람은 이미
죽었지만 죽어서도 그 사람이 지은 학교를 중심으로 마을 사람
들은 살아갔습니다. 예를 들면 학교 종이 울리는 소리로 마을
사람은 시간을 구별합니다. 학교 종이 울리면 "자! 점심을 먹을
까"라든가, "이제 그만 밭일을 그만둘까"라는 모습처럼 말입니
다. 작기는 하였지만 독립된 하나의 학교도시였습니다. 한국 왕

---

153) 오산학교라고 추정된다. 이승훈이 설립했다.
154) 오산학교에는 이광수, 김억 등 당대 유명 지식인이 교사로 있었다.
155) 제1회 입학생 사진이다. http://blog.naver.com

이 전제정치를 행한다고 하더라도 일본의 총독부가 식민정치를 펼친다고 하더라도 학교도시는 개의치 않고 존재했습니다.

제가 패전을 경험하며 생각했던 것은 우선 정주와 같은 학교도시입니다. 즉, 규슈의 산간지방에 히타라는 오랜 시간 학교도시의 경험을 가진 작은 마을에 넓은 의미로는 옥스퍼드와 같은 유니버시티를, 좁은 의미로는 정주와 같은 학교 마을을 만들고자 했습니다. 패전이 일본에게 어떠한 정치형태를 가져다준다고 하더라도 그것과는 별도로 학문하며 생활해 나갈 수 있는 마을을 만들고 싶었습니다. 그곳에서 이 패전국의 내일을 지탱해갈 수 있는 창조적 정신의 소유자를 육성하여 전국으로 내보낼 수 있는 학교를 만드는 계획을 세웠습니다. 이것은 꿈이 아닙니다. 이 히타라는 지역에는 백 년 전에 히로세 탄소(広瀬淡窓)라는 통유(通儒)(민간학자라는 의미)가 세운 간기에(咸宜園)라는 곳이 있었습니다. 어떤 다이묘가 불러도 응하지 않았으며 게다가 사숙하는 학생들은 전국에서 찾아와서 약 4천 명에 달하였기에 꿈은 아닙니다.

그 계획을 실행으로 옮겼던 것은 패전 후 얼마 지나지 않았던 때입니다. 후쿠오카 교외의 가시이(香椎)에 요주엔(養寿園)이라는 뜸질을 하는 큰 병원을 경영하고 있던 하라 시메타로(原志免太郎) 박사가 있었습니다. 그 사람은 뜸의 독소를 과학적으로 연구하여 학위를 딴 특이한 사람이었습니다. 어떤 관점에서는 굉장한 정신가로 패전 후 일본의 앞날을 걱정하여 청년을 육성하겠다고 마음먹고는 자신은 문외한이라는 이유로 제 집에 의논하러 온 것이 그 시작이었습니다. 우선 토지입니다만, 지금 말한 것과 같은 이유로 히타를 후보지로 정했습니다. 저는 일찍이 전쟁과는 관계없이 정년 후에는 히타에서 공부하고자 생각했습니다. 히로세(広瀬) 종가의 종손인 히로세 마사오(広瀬正雄)가 당시 히타 시장을 하고 있었기에 하라 시메타로를 시장에게 소개했습니다. 재정 기초는 하라 시메타로와 시장에 대한 신용으로 기부가 예상됐습니다. 학교와 연구소의 구상은 경성에서 돌아온 젊은이들에게 맡겼습니다. 마지막으로 문부성에서 인가를 받는 것은 제가 당시 문부대신(文部大臣)[156]을 맡고 있던 경성의 옛 동료인 아베 요시시게를 만나러 가서 그의 도움으로 어느 정도 순조롭게 진행되는 듯했습니다. 하지만 꿈은 역시 꿈이었던 것일까요? 제가 문부성에서 히타로 돌아온 직후 재산을 봉쇄한다는 엄청난 일이 돌발하여 지금까지 기부를 해주었던 치쿠호(筑豊)의 탄광이나 오무타(大牟田)의 대지주 등의 재산이 한순간에 봉쇄됐습니다. 이에 구상은 고무풍선과 같이 갑자기 오그라들게 됐습니다. 하지만 구상 중이었던 학교 중의 하나였던 여자전문학교를 1946년 4월에 간신히 개설할 수 있었습니다. 마을에서 불하를 받았던 군수공장을 학교 건물로 개조해서 말입니다. 그 후 우여곡절을 겪고 하라 박사나 시장의 필사적인 노력에도 학원은 결국 해산됐습니다. 그래도 졸업생은 2회나

---

156) 우리의 교육부 장관과 같다.

배출할 수 있었습니다.

이러한 내막을 말하자면 끝이 없습니다만, 국문학과는 관계가 옅은 이야기이기에 생략하겠습니다. 그래도 적은 수의 학생이었습니다만, 그 지역만이 아닌 후쿠오카, 구마모토, 미야자키(宮崎)에서 학생들이 모여 들었습니다. 규슈의 중심지라고 불리는 이른바 경치가 아름다운 분지의 일각에서 여학교를 졸업한 지 얼마 안 된 순수한 여자아이들을 군수공장을 개조한 학교 건물의 뒷산 등으로 데리고 가서 수업했습니다. 푸른 하늘 학교에서 그야말로 자유분방하게 『만엽집』이나 영문학을 강의했던 추억을 되새겨 봅니다. 어쩌면 50년을 통틀어서 이것이 제가 믿는 가장 국문학에 가까운 강의였지 않았나 하고 생각합니다. 적어도 가장 역겹지 않은 국문학을 그곳에서 학생들에게 강의했다고 자부합니다. 옥스퍼드는 말할 것도 없고 정주의 꿈마저도 실현시키지 못했습니다만, 다른 작은 꿈이 실현됐습니다.

규슈제대를 그만둔 것은 정년 1년 전입니다. 히타 학원을 만들기 위한 것이었냐고 묻는다면 간단하게 그렇다고 대답하기는 어렵습니다. 그만두기 전에 히타에 대해서 계획을 진행하고 있었기도 했지만, 전쟁과 관련하여 추방을 당할지 어떨지 몰랐기 때문에 차라리 스스로 깨끗하게 그만두고 싶은 기분도 있었습니다.

그런데 히타에서는 학원 설립 계획으로 고군분투하는 동시에 전쟁 후의 상황이었기에 조금이나마 농사일도 함께했습니다.

청경우독(晴耕雨読)이라면 모습은 좋아 보이겠지만, 일개 신참 소작농으로 그럭저럭 살아갔습니다. 1948년 봄이었습니다. 일본 대학으로 오지 않겠냐는 편지가 도착했습니다. 그래서 1948년도는 집중강의[157]와 같은 것을 맡았습니다. 1948년 말에 아내가 뇌출혈로 급사하는 바람에 소작농의 생활도 사실상 불가능하게 됐기에 아들을 데리고 딸이 머물고 있던 즈시(逗子)로 가서 이른바 본격적으로 일본대학 교수가 됐습니다.

지금까지 저는 제5고등학교에서 우라와 고교, 경성제대, 규슈제대 등 모두 국립 고교, 대학을 편력하고 다녔습니다. 실은 대학 졸업 후 도쿄 도심에 있던 사립중학교에서 근무했던 경험도 있으며 히타도 사립학원이었기 때문에 사학에서의 경험이 처음은 아니었습니다. 하지만 오랜만에 제국이라든가 문부성이라든가 하는 구속에서 해방되어, 게다가 정년이나 면직도 아닌 스스로가 선택한 사립학교에 가 보니 지금까지 공직에 봉사하던 답답함이 절실히 느껴졌습니다. 무엇보다 그것은 사립학교의 뭐라고 할까, 약함이라고 할지, 그러한 것을 당시 아직 경험하지 못했던 탓도 있었기 때문입니다. 결국 정착해 보니 일장일단이 있다고 하더라도 학문적으로 새롭게 태어난 생명에 대해서 한마디로 말하면 관립학교 힘이라는 것이 없어 막연히 느긋하고 자유롭게 있을 수 있었습니다. 무엇보다 제가 갔던 곳이 일본대학이었기 때문입니다. 그러한 점에서 예를 들어 후쿠자와 유키

---

157) 우리나라 대학의 계절 학기에 해당한다.

치(福沢諭吉)의 케이오대학이라든가 오쿠마 시게노부(大隈重信)의 와세다대학이라든가 하는 그런 큰 그리고 반(反)관료적인 대립 정신과 같은 것도 느끼지 못했습니다.

어쨌든 사학(私學)에서 공통적으로 생각해 볼 수 있는 즐거움은 있었는데, 그것이 역시 제 국문학에 영향을 끼쳤다고 생각합니다. 참으로 시기도 좋았습니다. 그렇게 말할 수 있는 것은 전쟁 후에 모든 것이 해방되었던 시기였기 때문입니다. 해방되어 가는 시기이기에 당연히 어디나 모두 해방됐습니다. 무엇보다 제 자신이 제국대학에서 교육을 받은 자였기에 그러한 해방감을 한층 강하게 느꼈는지도 모릅니다. 제 국문학의 측면에서 말하자면 역시 성장이었다고 말할 수 있지 않을까 생각합니다. 그때까지의 제 국문학이 얼마나 폐쇄적이고 구속적이었던가 하는 것을 몸소 체험했기 때문입니다.

일본대학 시절이 시작됐습니다. 일찍이 제5고등학교 때에는 구마모토에, 우라와 고교 시절에는 우라와에 거주하면서 그 지방의 학교에서 일했던 것과는 달리 참으로 변칙적인 통학방법을 취했습니다. 무슨 말인가 하니 일본대학을 그만둘 생각은 없는 채, 패전 후 문학부가 새로 설치된 나고야대학에서 초빙 제안을 받았습니다. 애매한 기분으로 나고야로 가 봤습니다. 그것도 앞서 말한 어영부영하는 편력 기분으로 말입니다. 나고야대학은 마침 관사라고 부르는 가건물을 수십 동 건축 중이었습니다. 제가 간다면 그중 한 채를 제공할 수도 있다고 했습니다. 제가 두세 명의 사람들과 건축 중인 가건물을 보러 갔더니 아득히 먼 곳에서 한 줄기 연기가 피어오르고 있었습니다. 그 연기는 무엇이냐고 물었더니 화장장의 연기라는 것

<도리베산>158)

입니다. 야고토(八事)라는 곳에 큰 공동묘지가 있는데 그 옆에 화장장이 있었습니다. 상당히 높은 굴뚝이었습니다만, 마치 도리베산(鳥辺山)의 옛날을 생각나게 했습니다. 매우 감상적으로 보였습니다.

　그곳에서 저는 생각했습니다. 그렇다면 그 화장장에서 저의 가족도 그렇게 화장됐을 거라고(부모님도 그곳에서 화장했다고 그때 착각했습니다. 그것은 잘못된 기억으로 부모님은 절에서 토장했던 것을 나중에 깨달았습니다). 자네도 이제 그만 오랜 시간 동안의 편력을 그만두고 이 고향으로 돌아와서 화장장에서 생을 마감하는 것은 어떤가 하고 연기가 가르쳐주고 있는 듯했습니다. 이러한 사소한 이유가 저를 결심하게 만들었습니다. 정말 메이지 인간답게 말입니다. 이리하여 나고야와 도쿄 간의 왕복 생활이 시작된 것입니다. 마침 딸이 도쿄에 살고 있었던 것

158) http://image.search.yahoo.co.jp

도 이러한 변칙 생활을 가능하게 했습니다.

나고야로 온 것이 1949년 8월입니다. 제 편력 50년의 시간 속에서 경성에서 보냈던 14년이 가장 길었다고 생각했습니다만, 나고야는 그것을 훨씬 웃돌기 때문에 참으로 놀라운 일입니다. 화장장 연기의 매력이었을까요?

제 전후 체험으로 학술회의에 관한 이야기를 하겠습니다. 학술회의가 생긴 것은 아마도 1948년일 것입니다. 제1기는 2년 동안의 준비단계였으며 본격적으로 기능을 발휘한 것은 제2기부터입니다. 저는 그 제2기와 제3기에 활동했습니다. 1950년 말에 정식으로 선거가 치러져 1951년 정월이었든가 혹은 2월부터 활동했다고 기억합니다. 제가 그 회원이었기 때문에 말하는 것은 아닙니다만, 관계해 보니 학술회의라는 것에는 굉장히 큰 의미가 있다는 것을 알게 됐습니다.

그로 인해 정부나 정당이 굉장히 어려워하는 존재가 되어 중상모략을 당하기도 했습니다. 최근에는 학회가 점점 약체화되어 가는 것 같습니다. 걱정됩니다. 일본의 학문을 바르게 지켜내기 위해서는 각 학계가 훌륭한 학자를 보내어 학술회의를 강화할 의무가 있습니다. 국문학계도 결코 예외는 아닙니다. 이 문제는 학술회의 그 자체에 대해서 좀 더 상세히 이야기해야만 알 수 있는 내용입니다. 여기서는 지면상의 관계와 입장도 있고 해서 지금까지와는 다르게 이야기가 어려워질 것 같습니다. 이에 유감스럽습니다만 일개 국문학자가 학술회의에 참가했던 경험을 이야기하면서 학술회의 그 자체의 실태를 미루어 짐작해 보는 것으로 하겠습니다.

지방에 있는 한 명의 위원으로 학술회의 개최 구상에 관여했던 적이 있습니다. 제가 제2기의 회원으로 출석해 보니, 이 구상이 거의 그대로 실현되고 있는 것을 체험할 수 있었습니다. 학문의 광장이라고도 말할 수 있는 곳이 실은 패전의 결과로 생겨났다는 것을 통감하며 그 광장의 일원으로 자신에게 커다란 책임을 느꼈습니다. 동시에 총회나 부회와 같은 곳에서 다양한 토론이나 의견 교환을 함께할 때마다, 국문학계의 현상을 되돌아보면서 그 후진성과 같은 것을 알아차리고는 몇 번이나 식은땀을 흘리곤 했습니다. 물론 국문학만의 일은 아닐 것이라고 생각합니다. 어쩌면 저와 같은 국문학자 나부랭이가 자리를 차지하고 있었기 때문일지도 모릅니다.

패전 당시 국민 일반 곧 정치가도 실업가도 교육가도 모두 통감했던 것은 전쟁 당시 일본의 과학기술을 통일하는 조직이 없어서 모두 따로따로 게다가 비밀리에 각자의 힘으로 발명하거나 추진했다는 것입니다. 그리고 이 파벌주의가 결국 패전을 초래했다는 반성입니다. 그래서 과학기술의 통합기관을 설립해서 그 진흥을 도모하고자 했습니다. 그리하여 모든 학문을 7개로 크게 구분하고 그것을 다시 세세히 구별해서 각계로부터 회원을 선발하여 과학기술의 여러 문제에 대해서 각 위원이 토의하고 그것을 총회에 부쳐서 직접 내각(문부성 등이 아닌)에 건의하거나 반대로 그쪽에서 온 자문에 답하는 방침이었습니다. 그러한 많은 의제 중에 예를 들면 학문사상의 자유를 보호하는 위원회라는 것이 있다면 7개 학문 분야 각각에서 몇 명씩 위원을 선발하여 이 위원회의 회의에서 토의를 거듭하여 결론을 내리는 것입니다. 사상에 관련되어 있는 문제이기 때문에 제1부의 철학관계 위원회의 의견에 맡긴다는 것은 아닙니다. 그런데 제1부는 철학, 사학, 문학으로 당시 3개로 세분되어 있었기 때문에 이 3개의 소구분에 속하는 위원 중에서 1명씩 선발됐습니다. 이에 국문학에 속하는 전국의 학자 중에서 이러한 학문사상의 자유를 보호하기 위한 수많은 의제에 대해서 토의에 잘 견딜 수 있는 사람이 과연 몇 명이나 있을지 생각해 봤습니다. 어딘가 모를 불안함을 느끼지 않을 수 없는 현실이었습니다. 저는 새삼스럽게 이 의제에 대해서 뭔가 하나의 사상적 방향에 기울어져 있는 사람을 구하고자 하는 것은 아니었습니다. 보수이든 진보이든 검든 붉든 어쨌든 자기 자신의 전공 학문을 연구해 오며 그러한 토의에 참여하는 것이야말로 국문학이 모든 학문의 일환으로써 나라의 문화에 참여하는 바른 의미가 생겨나는 것입니다. 그렇지 않다면 학문은 각각 고립되어 다른 학문 분야로부터 단절되고 말 것입니다. 그다지 적당한 예는 아니었습니다만, 국문학이 역시 후진성을 탈피하지 못했던 일례에 속한다고 생각합니다.

　하지만 학술회의가 생겨남에 따라서 국문학이 진흥했다는 면도 있었습니다. 제가 말하고 싶었던 것이 이 부분입니다. 문부성에서는 예산에 과학연구비라는 것을 설정해서 과학자들의 연구를 장려하거나 그 성과의 출판비용을 조성하거나 했습니다. 이전부터 없었던 것은 아닙니다. 앞에서 말한 규슈의 풍토와 문학의 공동조사도 과학연구비를 받았던 것입니다. 학술회의가 생기고 나서는 그 배분을 전부 회의에서 정한 위원에게 일임하는 것이 됐습니다. 그래서 이런 신청이 학문적으로 바른 검토를 거치게 되고 이에 자극받아 국문학의 여러 연구도 크게 왕성해졌다고 할 수 있습니다.

그리고 또 하나 종래 파벌로 할거했던 국문학자가 한 단계 더 넓어진 세계로 해방된 결과라고 말할 수는 없겠습니다만, 각각의 시대구분이나 장르에 관계된 학회가 울창하게 번성해졌습니다. 이에 대학별로 이루어진 ○○대학 국문학회라는 동창회적 성격을 뛰어넘어 각지에서 연구발표회가 열리게 됐습니다. 국문학자를 위해서는 매우 감사한 일이었습니다. 무엇보다 대학의 교수, 조교수의 자격심사에서 후보자의 업적을 중요시하게 된 결과로 이러한 연구발표가 유행하기 시작했다고 빈정대는 사람도 있는 것 같기는 하지만 말입니다.

그리고 보니 거슬러 올라가 연구비 문제에서도 폐단을 말하자면, 학술회의의 취지를 철저히 하기 위해 부회를 전국 각지에서 개최했습니다. 그런데 적어도 국문학에 속하는 제1부 등에서 참여한 사람들의 질문이 연구비를 어떻게 하면 받을 수 있는지에만 집중됐습니다. 따라서 그 사람을 내보내면 연구비를 가져올 거라고 말하는 이익대표 같은 씁쓰름한 성격이 생겼다고 지적하는 사람도 없지는 않습니다.

그렇지만 어떤 일에도 다소의 폐해를 면할 수는 없습니다. 학술회의와 같은 학문의 통합적인 장소가 생겨났다는 것은 특히 견해가 좁고, 어쩌다 실수라도 하면 광신적이 되기 쉬운 국문학이라는 학문에 참으로 과학적인 시사를 부여한다는 의미에서 대단히 훌륭한 일이었습니다. 이것이 학술회의에 대한 제 찬성론입니다. 하지만 최근의 학술회의를 밖에서 보고 있으면 단점만이 눈에 들어옵니다. 정부당국이나 또는 때때로 세간에서도 무언가 편향적인 성격이 학술회의 그 자체를 지배하고 있다고 생각하는 듯합니다. 그런 선입견에 유혹된 결과인지는 모르겠습니다만, 학술회의 그 자체가 명백히 약체화된 것 같은 느낌이 듭니다. 제 노안과 난시로 그렇게 보인 것일지도 모릅니다. 그러고 보니 최근에는 잡지를 읽어도 활자가 너무 작아서 자주 오독을 할 정도입니다.

어쨌든 그런 호언장담은 삼가고 깨끗하고 순수한 양심적인 한 표를 유권자로서 투표했다고 한다면 괜찮습니다. 적어도 제가 관계했던 6년간의 제 경험을 떠올려 본다면 학사원(學士院)이 세 들어 있던 건물에서 들었던 7부에 걸친 인문, 자연의 여러 과학자들이 다투었던 그야말로 순수한 학술상의(그때는 교육상의 과제조차도 거부될 정도로 순수한) 여러 견해는 역시 넓은 안목에서 게다가 심원하고 전문적이며 과학적인 견지로 입증된 조리 있는 것들이었습니다. 물론 다소 예외는 있었습니다만, 저는 한 사람의 국문학자로서 자세를 바로 잡고 앉아서 경청했던 것을 고백합니다.

학술회의를 2기 담당하면서 저와 같은 노인이 나올 곳이 아니라는 것을 점차 알게 되었고, 이에 좀 더 젊고 활기찬 젊은 사람으로 대체하기로 했습니다. 그 시기 제게 자주 메이지 인간인 것치고는 젊다고 말해주는 분이 있었습니다. 그것이 만약 사실이라면 제 편력생활이 한곳에서 가만히 머물러 있으며 생각하게 하는 여유를 주지 않았기 때문일지도 모르겠습니다. 덕분에 무슨 대학의 '명예교수'의 칭호를 받을 자격은 없는 대신에 여기저기 자유롭게 돌아다니는 학자로서 마음껏 행동할 수 있었습니다. 기분만은 언제나 신선했습니다.

1952년에 『고문예론(古文芸の論)』이라는 책을 냈습니다. 전쟁 중에 어물어물 쌓여 있던 것을 토해낸 듯한 것으로 이 책 속에는 패전 전의 원고도 수록됐습니다. 하지만 대체로 전후 혼란이라고 할지 해방감이라고 할지, 그러한 것들이 소용돌이치던 시대의 것으로 다소 시대의 새로움을 반영한 점이 있을지도 모르겠습니다. 게다가 제국대학 교수라는 직위에서 해방되어 일본대학의 교수가 된 것도 영향을 끼쳤을지도 모르겠습니다. 즉, 규슈시대의 생활이라는 것은 전쟁 중에 억압되었을 뿐만 아니라 제국대학 교수라는 직위로 권위를 과잉하게 자각한 탓도 있

었는지 어딘가 모르게 답답하고 참을 수 없었습니다. 그랬던 것이 돌연 전후의 이른바 무질서한 시대로 내던져졌기에『고문예론』에는 지금 말한 것과 같은 다소의 생생함이 살아 있을지도 모릅니다. 하지만 또한 동시에 너무 방종해서는 안 된다고 생각했습니다. 제가 자주 언급하는 언어로 표현하자면 과부족 없이 바르게 사물을 보지 못한다면 학문이 아니라는 조심스러운 일면도 있었던 것 같습니다. 그러한 배려도 이 책의 어떤 논문에 들어가 있을 겁니다. 그럼으로 전후에 해방된 한 면만을 기대하고 읽는다면 이 책에는 그러한 소극적이고 보수적인 좋게 이야기하면 자중적 태도가 있어서 기대에 벗어난 채로 끝날지도 모르겠습니다. 그것은 전후의 국민들이 일반적으로 느낀 아나키즘에 대한 반항이라고 할지 대결이라고 할지 그러한 분위기 속에서 이것은 지금도 제 안에 있습니다. 그 당시의 제게는 특히 강했습니다.

그리고 또 하나는 이른바 자제(自制) 중에는 민족 의식이 있었습니다. 그것이야말로 누차 말하고 있는 국제적인 문제입니다. 전쟁 중에 광신적으로 부르짖던

『고문예론』[159]

---

159) https://images-fe.ssl-images-amazon.com

'일본! 일본!'은 물론 아닙니다. 하지만 전후에 접한 미국의 공기라고 할지 소위 맥아더 사고방식에 규제 되어서는 안 된다고 하는 일종의 경계심과 같은 것입니다. 이것은 지금도 계속되고 있습니다. 아무래도 미국적 국문학이라는 것이 굉장히 커다란 지배력을 가지고 고기압 혹은 다른 어떤 무엇으로 발산되어 왔습니다. 동시에 이것에 대결하는 힘으로써 이번에는 소비에트 풍의 어떤 민족주의적인 하나의 유물론적 세력이 침수해 왔습니다. 대체 어느 쪽이 일본의 국문학을 지탱할 수 있을지는 잘 몰랐습니다. 정치적으로 말하면 일본의 정치가 공산주의가 될지 미국적 민주주의가 될지 하는 과제와 비슷한 듯합니다. 하지만 사실은 다릅니다. 제게 말해 보라고 한다면 어딘가 한 단계 고차원적인 곳에서 국문학이라는 학문이 대체 어떻게 그 두 가지를 통합할 수 있을지 하는, 이른바 학문의 어떤 자주적 문제와 같습니다. 마침 다케우치 요시미(竹内好)의 국민문학론 등도 이 문제에 대한 하나의 해결책이라고 생각했습니다. 물론 모든 것이라고는 말할 수 없습니다만.

저는 지금 고차원적이라는 말을 사용했습니다. 그것을 문학론으로 말한다면, 미학적인 이론으로써 그 차원을 미 자체의 추구로 한다는 의미가 아닙니다. 문학구진(文學求眞)의 방침은 적어도 이와 같은 미론밖에 없다고는 할 수 없습니다. 이러한 것이 제 출발점으로 예를 들어 풍토, 민족, 역사 등과의 여러 관련을 포함하면서 해명하는 것도 문학을 보다 높은 차원에서 다루는 다른 문학론이 아닐까 하고 일찍이 생각해 왔습니다. 그런 제가 우연히 미키 키요시(三木清)의 『구상력의 논리』나 와쓰지 테쓰로(和辻哲郎)의 『인간학적 풍토』 등에 유혹되어 나름의 '형태의 문학론'을 만들어 이것을 일본문학의 계보에 연결해 본 것이 『고문예론』 장(章) 가운데 「하나(一)」입니다. 그로 인해 특히 저와 가까운 일본문학의 고대성을 해명하자고 한 것이 그 「둘(二)」에 해당하는 것이라고 극히 대략적으로 말할 수 있습니다.

이와 같은 것을 말하고 있자니 이러한 작업이 바로 어제 일처럼 생각납니다만, 벌써 10수 년 전의 옛날 일들로 그 사이 제 사고력은 오로지 쇠약해져 갈 뿐이어서 한심한 생각이 들었습니다. 그래도 이 시기에 여기저기의 대학에서 문학개론 강의를 담당한 덕분에 서구의 고전적 시론에서 근대의, 예를 들어 티모피프의 문학이론에 이르기까지 조금이나마 알게 되는 기회를 가졌습니다. 『고금예론』의 「하나」에서 어느 정도 공상했던 것들이 그렇게 틀리지 않았다는 것을 적어도 자신은 알게 됐습니다. 또한 『고금예론』 「둘」의 연장선상에서 고대문학의 이모저모를 말할 수 있는 기회도 강의, 강연, 논문의 집필 등으로 잡을 수 있었습니다. 여기에서도 사고의 발자취가 의외로 아직은 확실하다고 스스로 생각했습니다. 아니, 그런 생각이야말로 제3자의 입장에서 본다면 거의 뇌 활동이 둔해졌다는 가장 큰 증거라고 생각합니다.

제9장

국문학이
나아갈 길

제 국문학은 지금까지 이야기해 온 것처럼 그 길을 계속 걸어오고 있습니다. 그럼 앞으로 국문학은 어떻게 될까요? 거리의 점쟁이가 아니기 때문에 그 앞날을 천리안으로 똑똑히 볼 수는 없습니다. 하지만 50년간의 결론으로써 차후 마땅히 갖추어야만 하는 모습을 생각하기에는 지금이 적절한 단계라고 생각합니다. 전후의 혼란스러운 분위기에 편승해서 말하는 것은 옳지 않을지도 모릅니다만, 그 시기를 지나 지금은 다양한 국문학이 갖추어져 있는 듯한 느낌입니다. 예를 들면 이미 여러 번 언급해 온 사실입니다만 쓰다 소키치의 학문입니다. 이에 관해서는 쓰다 자신은 꼭 그렇게는 말하지 않았습니다만, 세간에서는 이것도 하나의 국문학이라고 생각하고 있습니다. 그리고 오리쿠치 시노부나 야나기다 쿠니오의 민속학적 학문, 오자키 요시에의 미학적 문예학, 오모다카 히사타카(沢潟久孝)의 『만엽집』주석이라고 하는 학문이 있습니다. 또한 전전(戰前)부터 싹을 피워온 역사학적 학문이 있습니다. 역사라고 말하더라도 쓰다 소키치와는 반드시 일치하는 것이 아닙니다. 오히려 쓰다에 대해서 비판적인 역사학적 학문입니다. 교토파와 도쿄파도 쓰다 학문에 반발했다고 해도 좋을 정도로 서로 다른 견해를 보이고 있습니다. 그리고 비교문학이라는 굉장히 진보된 방법으로 일본문학을 분석하려는 학문이 있습니다. 좀 더 구체적으로 말하자면 실험적 학문입니다. 즉, 메커니즘에 기초를 둔 학문입니다. 문장(文章)심리학적인 것이나 사상주의적 견해에 따른 것 등등 순서는 다르지만 생각해 보니 이렇게나 많이 있습니다.

이러한 것을 하나하나 거론하며 여기에 제 견해를 더하는 것은 매우 불가능한 일입니다. 하지만 모두 굉장한 세력을 가지고 있습니다. 언제였는지 기억이 잘 나지 않습니다만, 이케다 야사부로(池田弥三朗)와 라디오 대담을 한 적이 있습니다. 그때 이케다 야사부로가 "민속(民俗)학으로 해석하지 않는 사람은 없겠지만……"이라고 하는 의미의 말을 문득 무슨 말결에 한 적이 있습니다. 또한 이런 학문과는 차원을 조금 다르게 평론이라는 국문학도 있습니다. 평론 등은 딱히 학문이라고 말하지 않더라도 그 자체로 훌륭한 문학작품이라고 저는 인정하고 있습니다. 평론가 중에는 그렇게 부지런히 이리저리 고전에 손을 대 보았자 국문학이 아니라며, 평론이야말로 진정한 국문학이라고 말하는 사람도 있습니다. 그렇게 무수히 많은 국문학이 생겨났습니다만 이에 다시 한 번 국문학이라는 학문은 어떠한 모습을 지향해야만 하는가를 생각하는 것 또한 나름의 즐거움입니다. 그것을 좀 과장되게 말하자면 제 50년간의 숙제이기도 했습니다. 그것은 50년간의 지역탐방, 즉 여기저기 기웃거리고 다녔던 그때에 싹이 마르지 않고, 어쨌든 조금씩 자라서 지금에 이른 것입니다. 제2장의 「국문학의 싹」에서 잠시 언급했던 것처럼 저를 국문학과로 인도했던 후지오카 사쿠타로 선생님이 있었는데 그 선생님이 메이지시대의 명문장가이기도 하여 『국문학 전사 헤이안조편』이라는 책을 썼습니다. 그리고 저희들은 거기에 심취했습니다. 지금 저는 역시 후지오카 선생님의 이 가치를 떠올립니다. 물론 결코 다시 한 번 후지오카 선생님의 학문을 재생시키고자 하는 것은 아닙니다. 하지만 후지오카 선생님의 학문이 지향하고 있던 바에 대해서 저희들이 잊어서는 안 된다는 것, 그러한 것을 지금 떠올리고 있습니다.

아주 조금 제 나름의 주해를 더하자면 일본문학의 본질이라는 것보다도 일본문학이라는 어떤 문화의 본질은 뭔가 하나의 학문 대상으로 충분한 가치가 있습니다. 하지만 이 사실은 국문학이라는 것이 다른 학문에서 고립돼서는 안 된다는 전제가 필요합니다. 문화 그것이 하나의 연대적 존재이기 때문입니다. 문화가 서로 단절되어 있어서는 인간 구조로써 무의미합니다. 그렇다면 그 연대 중의 하나인 문학을 대상으로 하는 학문도 고립되어 쓸쓸하게 존재해서는 의미 없는 일일 것입니다. 너무나도 당연한 상식을 새삼스럽게 언급하고 있는 듯하지만, 일단은 여기서부터 이야기를 시작하겠습니다. 하지만 각각의 문화가 각각의 문화로써 존재하는 것도 인간 구조로써의 사실입니다. 어떤 문화라도 예를 들어 역사든 민속이든 그런 것은 모두 각각의 문화입니다. 그렇기 때문에 학문상에서도 그것을 대상으로 하는 학문이 자신의 존재를 주장할 수 있는 것입니다. 이것도 또 너무도 당연한 말이지만 말입니다. 그런데 그 당연함이 당연함으로써 자신의 존재를 주장하지 못하고 뭔가 위기에 직면해 있는 듯한 불안을 느끼는 경우가 있습니다. 그것이 국문학이라는 이름의 학문이 현재 처해 있는 상황이라고 생각합니다. 왜 그럴까요? 아주 대략적으로 말하자면 다음의 두 가지 사정이 그렇게 만든 것은 아닐까요?

하나는 전후 국문학은 쇠퇴하기는커녕 사실은 번영의 정점에 있었습니다. 하지만 이 번영에는 한 가지 반성해야 하는 부분이 있습니다. 그것은 앞에서도 말한 것처럼 문화전체의 연대적 관계에서 아무래도 누락된 부분이 있다는 것입니다. 국문학이 다른 문화로부터 멀리 떨어져서 고립무원한 곳에서 뭔가 열심히 일하고 있는 것에 지나지 않는 것은 아닐까 하는 불안이 있습니다. 그렇게 격리돼서는 국문학이라는 특수한 세계 속의 비판이나 권유의 소리는 떠들썩하게 들리겠지만, 밖에서는 어떠한 비판도 받지 못하게 될 것입니다. 교류도 없을 것입니다. 그리고 아주 쥐 죽은 듯이 조용히 지내게 될 것입니다. 이러한 현상은 지금 시작된 것도 아닙니다. 인간문화라는 것을 통일적으로 생각하려고 하지 않았던 시대에는 언제나 그랬습니다. 하지만 현대의 학문은 그렇지 않습니다. 그렇지 않고 여러 문화가, 민속학도 역사학도 미학도 평론도 그것들이 모두 서로 교류하여 문화의 일환을 이루고 있습니다. 그런데도 국문학만이 그러한 것으로부터 단절된 곳에서 자신의 일에만 힘쓰고 있습니다. 각 분야에는 각각의 전문가가 있다고 큰소리치고 있는 상황에서는 문화 전체의 연대적 관련이라는 것은 무시되기 십상입니다. 이 것이 국문학에 대해서 제가 가지고 있는 하나의 불안입니다.[160]

하지만 저는 바로 그 이면에 또 다른 하나의 불안을 가지고 있습니다. 그것은 국문학이 자주성이라고 할지 자율성이라고 할지, 그러한 것들을 상실하고 있는 것은 아닐까 하는 불안입니다. 예를 들어 민속학은 인간 문화의 온갖 영역 속에서 민속을 살펴왔습니다. 때로는 문학 안에서까지 민속을 찾으며 민속이라는 것은 인간의 어떠한 문화인가를 추구하고자 했습니다. 좀 보고 있자니 괘씸하기도 합니다만 실은 그것이 틀린 것은 아닙니다. 틀린 것이 아니라기보다는 그렇게 하지 않으면 민속학은 성립하지 않을 것이기 때문입니다. 이러한 관계는 역사학, 미학, 심리학 등등 모든 학문에 적용할 수 있는 근본원리이지 않으면 안 됩니다. 그런데 국문학은 어떻습니까? 저는 아무리 생각해도 국문학만은 예외라고는 생각하지 않습니다. 국문학은 인간 문화의 온갖 영역 속에서 문학을 살피고, 때로는 세간에서 민속 혹은 역사라고 불리는 분야에 이르기까지 파고 들어가서 문학을 살피는 것이 허락됩니다. 허락될 뿐만 아니라 그렇게 해서 문학의 본질을 밝히는 것이 아니라면 이 학문의 존립은 불안해

---

160) 이 문단을 번역하면서 한국의 일어일문학계를 떠올렸다. 비슷한 양상이 보이기 때문이다.

질 것입니다. 그러기에 국문학이라는 학문이 민속이나 역사를 살펴보는 것에 만족한다면, 국문학은 어디로 사라졌냐는 말을 들어도 대답할 수 없을 것입니다. 즉, 국문학의 종언(終焉)을 의미합니다. 이러한 의미에서 국문학은 집요하리만큼 자신의 자율성을 찾지 않으면 안 됩니다. 때로는 다른 영역에 침범할 정도의 의욕을 가져야 합니다. 말하자면 이러한 뻔뻔스러움이 국문학에는 결여되어 있기에 지금 쇠약의 길을 걷고 있는 것은 아닐까 하는 것이 국문학에 대한 다른 하나의 불안입니다.[161] 제 50년에 걸친 편력은 지리적으로도 문학론적으로도 결과만을 두고 보자면 국문학이 가지고 있는 이 두 가지 불안을 없애기 위해서 얼마간 고생을 해 왔던 것에 지나지 않는다고 생각합니다.

그렇다면 그 노력은 성공했을까요? 성패의 자취를 검토하는 것은 꽤나 어려운 일입니다. 하물며 본인에게는 더욱 무리입니다. 다만 50년이라는 세월 동안 국문학에서 제가 추구해 왔던 방향에 대해서 확신을 굳혀 온 것은 사실입니다. 그렇게 생각해 보니 그것은 어느 정도 달성된 것은 아닌가 하고 자부하고 싶습니다. 하지만 제가 제 자신에게 들려주고 싶은 마음을 포함해서 젊은이들에게 말하고 싶은 것은 학자가 자신의 학문 완성에 자신의 일생을 걸고자 하는 기세가 왕성한 점은 높이 평가하고 싶습니다. 하지만 그것이 그 학문에 따라서 플러스가 될 수도

---

161) 이 문단을 읽으면서도 한국의 일어일문학계를 떠올랐다. 닮은 양상이 보였기 때문이다.

있고 마이너스가 될 수도 있다는 것이 문제입니다. 학문에도 인간의 창조력은 필수불가결한 것입니다. 그렇다고 해서 어떤 하나의 학문이 인간 일대의 창조력으로 완성되는 것과 같은 그런 작고 하찮은 것이 아닙니다. 학문이란 창조적인 학문적 재능을 타고난 사람들이 자유자재로 노력을 쌓아 올려 감에 따라 한 걸음 또 한 걸음 그 위용을 길러 가는 것입니다. 그렇다고 해서 이제 제 국문학을 그만두고 은거하려는 생각은 하지 않습니다. 매일 미력을 다하여 오늘도 또한 어제와 같이 일을 할 생각입니다. 살아 있는 한은 50년만이 아니라 60년, 70년까지 내일도 또한 오늘과 같이 일할 것을 진심으로 바라고 있기에 아무쪼록 안심하시기 바랍니다. 무엇보다 제게 그보다 더 바람직한 것은 이러한 제 50년의 경험이 누군가 좀 더 젊고, 좀 더 뛰어난 학재(學才)를 지닌 사람들에 의해서 실질적으로 이어져 가는 것 바로 그 한 가지입니다.

　이렇게 말하니 유언처럼 들립니다. 대체로 유언에는 죽은 사람이 무언가 생존자를 구속하는 것 같은 불길한 것이 찰싹 들러붙어 있는 것 같아서 찜찜한 기분이 듭니다. 그래도 제 50년에는 그러한 집착이나 미련은 털끝만큼도 없습니다. 있다고 한다면 다음 세대에 의해 이 학문이 더욱 발전하기를 바라는 마음뿐입니다.

<다카기 이치노스케>162)

162) http://www.chs.nihon-u.ac.jp
    사진 앞쪽 왼쪽에서 세 번째가 다카기 이치노스케다. 일본대학 교수들과 함께 찍
    은 사진이다.

저자 후기

뒤늦게 송구스럽습니다만 전후 현재의 국문학이라고 불리는 학문에 대한 불신이라고 할지 불안이라고 할지 그러한 것을 품고 있는 교양인이 의외로 많다는 것을 깨달았습니다. 그와 동시에 또한 현재 국문학자라고 불리는 학자들이 이러한 불신 혹은 불안에 대해서 의외로 냉담하고 적어도 무관심하다는 것도 깨달았습니다. 하지만 제 나름대로 생각해 보면 이러한 관계를 이대로 버려두는 것은 옳지 않다고 생각합니다. 게다가 국문학 이외의 학계 일반에서도 버려둘 수 없는 중대사라고 생각합니다.

50년간의 국문학의 행적을 수집하고 배열한다고 해서 사람들이 이런 종류의 불신이나 불안을 없애려고 할 정도로 부지런하지는 않을 것입니다. 또한 이러한 종류의 냉담이나 무관심을 알아차릴 만큼 반성적이지도 않을 것입니다. 하물며 이러한 배려가 좀 더 광범위한 사회나 학계 일반에 골고루 미치고 있다고도 생각하지 않습니다. 그래서 조금이라도 효과가 있어 보이는 방법으로 생각해 낸 것은 실제로 어떤 한 사람의 국문학자가 자신의 50년간의 체험으로 국문학에 대한 불신·불안이나 좌절·

실패를 고백해 보는 방식이었습니다. 고백하는 방법도 가능하면 외부를 배경으로 한 자화상풍으로 그려 보는 쪽이 효과적일 것이라고 생각했습니다. 이렇게 해서 이 책이 나온 것입니다.

표현은 보시는 대로 형편없는 문장입니다. 죄송합니다만, 퇴고를 몇 번이고 반복하여 다듬어진 명문장보다는 대화를 녹음한 테이프 레코더의 문장이 그대로 여기저기에 노출되어 있는 것도 나름의 재미라고 생각합니다. 예를 들면 대화의 상대가 두세 명일 경우, 오른쪽을 보면 연배의 여성이 있기에 돌연 '입니다(です)'·'합니다(ます)'라고 경어를 사용합니다만, 왼쪽을 보면 머리가 덥수룩한 서생이 있기에 무의식중에 '이다(だよ)'·'이겠지(だろうな)'조로 변하고 맙니다. 두 가지 태도가 하나의 문장에 함께 있기 때문에 문체론적인 형식에서 벗어난 대화 그 자체가 가진 어떤 입체적인 리얼리티가 있을 수 있습니다. 이렇게 말하면 좀 과장된 표현입니다만 어찌되었든 이 문장을 굳이 정정하려고 하지 않았습니다. 모든 것을 독자의 선의와 이해에 맡기겠습니다.

1966년 12월

다카기 이치노스케(高木市之助)

역자 후기

다카기 이치노스케의 『국문학 50년(国文学五十年)』을 알게
된 것은 경성제대를 논한 연구서와 연구논문이 조선인으로 영
문학을 전공한 최재서를 언급하면서『국문학 50년』을 자주 인
용했기 때문이다. 다음과 같은 대목이다.

최재서라는 학생이 있었는데, 영문학을 전공하고 있었습니
다. 그의 스승이 사토 키요시입니다. 이 사람은 영문학 교수
입니다. 영국 체험담을 이야기할 때 잠깐 언급한 사람입니
다. 영국에서는 같은 하숙집에 살면서 꽤 신세를 졌습니다.
경성에 가서도 교수회의 등에서 거침없이 시의 재능을 펼치
는 남자였습니다. 사실 유명한 시인이기도 했습니다. 그런
사토 키요시는 최재서를 굉장히 귀여워했습니다. 최재서는
졸업 후에 경성제대 강사가 되어서 제가 있는 곳에도 자주
놀러 왔었습니다. 학생 때는 친일파로 오해받아 조선인 학
생에게 맞은 적이 있을 정도였습니다. 그런데 최재서가 어
느 해 정월의 휴일에 맥주 두세 병을 손에 들고 심각한 표
정을 한 채 새벽에 제가 있는 곳으로 와서는, "선생님들은
어떻게 해도 우리들 조선인의 혼을 못 빼앗아요!"라고 말하
며 으름장을 놓고는 휘청거리며 나간 적이 있었습니다. 그
가 술버릇이 나빴기 때문이라면 그뿐이지만 저는 그것만이
라고는 생각하지 않았습니다. 즉, 제가 14년간 계속 의식해

왔던 민족의식도 뒤집어 생각해 보면 역시 이런 것이 아닐까 하고 생각합니다. 그것을 따져 생각해 보면 자멘호프의 생각과 일맥상통하는 것으로 그가 대국의 언어로 세계어를 창설하는 것이 아니라 에스페란토를 떠올렸던 그 사상을 저는 조선인과의 민족의식 교류 같은 것으로 이른바 본성으로 체험한 것입니다.

그런데 흥미로운 점이 있었다. 우리 국문학계와 일문학계가 『국문학 50년』에 적지 않은 관심을 보였기에 이 책의 번역서가 당연히 있을 것이라고 생각했다. 그런데 없었다. 이것이 『국문학 50년』을 번역한 계기가 됐다.

번역하면서 한국학 및 일본학 연구자가 다카기 이치노스케의 『국문학 50년』을 번역하지 않은 이유를 점차 알게 됐다. 생각과 달리 우리말로 옮기기 어려웠기 때문이다. 그 책임은 모두 다카기 이치노스케에 있었다. 그는 원서의 저자 후기에서 아래와 같이 고백한다.

『국문학 50년』 원서

표현은 보시는 대로 형편없는 문장입니다. 죄송합니다만, 퇴고를 몇 번이고 반복하여 다듬어진 명문장보다는 대화를 녹음한 테이프 레코더의 문장이 그대로 여기저기에 노출되어 있는 것도 나름의 재미라고 생각합니다. 예를 들면 대화

의 상대가 두세 명일 경우, 오른쪽을 보면 연배의 여성이 있기에 돌연 '입니다(です)'·'합니다(ます)'라고 경어를 사용합니다만, 왼쪽을 보면 머리가 덥수룩한 서생이 있기에 무의식중에 '이다(だよ)'·'이겠지(だろうな)'조로 변하고 맙니다. 두 가지 태도가 하나의 문장에 함께 있기 때문에 문체론적인 형식에서 벗어난 대화 그 자체가 가진 어떤 입체적인 리얼리티가 있을 수 있습니다. 이렇게 말하면 좀 과장된 표현입니다만 어찌되었든 이 문장을 굳이 정정하려고 하지 않았습니다. 모든 것을 독자의 선의와 이해에 맡기겠습니다.

역자의 권리로 다카기 이치노스케의 문장을 감히 평가한다면 그의 말대로 그의 글은 정말 형편없었다. 역자가 '번역하면서'에서 이미 밝혔듯이 원서는 다카기가 구술한 것을 제3자가 글로 옮긴 것이다. 그러다 보니 '나'와 같은 1인칭이 셀 수 없을 정도로 많이 나왔고, 문체는 만연체가 됐다. 또한 구어체와 문어체가 동시에 등장했다. 문장 안에서 주어와 술어의 호응이 맞지 않은 곳도 너무도 많았다.

다카기 이치노스케는 구어체와 문어체가 혼합된 문체에 대해 "대화 그 자체가 가진 어떤 입체적인 리얼리티가 있을 수 있습니다"라고 말했다. 그러나 전혀 그렇지 않았다. 그저 악문일 따름이었다.

이와 같이 악문으로 이루어진 원문을 우리말로 옮기는 것은 지난한 작업이었다. 우리 역자들은 난잡한 원문을 읽을 수 있는 번역문으로 바꾸기 위해 혼신의 힘을 다했다. 여하튼 『국문학 50년』 번역은 우리 학계, 특히 국문학계와 일문학계를 위해서는 필요한 작업이라고 생각한다. 『국문학 50년』은 일본 국문학의 탄생과 더불어 우리 국문학의 탄생에 대해 여러 가지를 생각하게 하기 때문이다. 이것이 번역의 보람이자 위안이었다.

번역서에서는 일본 국문학의 탄생, 일본을 대표하는 도쿄대학의 초기 모습, 제국대학의 졸업식장 풍경, 일제가 경성제대 건립을 서두른 이유, 최재서 이야기, 전시기(戰時期)의 일본 출판 상황, 패전 후 국문학계의 새로운 모색 등을 엿볼 수 있다. 그것도 현장에 있었던 다카기 이치노스케의 생생한 목소리를 통해서다.163)

다카기 이치노스케의 『국문학 50년』을 번역하는 데 한림대학교 일본학연구소 서정완 소장님과 심재현 선생님은 큰 도움을 주었다. 또한 홋카이도대학에서 박사학위 과정을 밟고 있는 조혜진 선생님께도 신세를 많이 졌다. 특히 이 책을 같이 번역한 김채현 선생님께 이 자리를 빌려 감사하다는 말씀을 꼭 드리고 싶다. 김채현 선생님이 없었다면 번역서가 나오기 어려웠을 것이다.

2016년 8월
역자를 대표해 박상현

---

163) 이 번역서와 함께 읽으면 좋을 참고서로는 사사누마 도시아키의 『근대 일본의 '국문학' 사상』(어문학사, 2014)이 있다.